稻城亚丁
STORY OF
DAOCHENG YADING
告诉你

王志发　著

中国旅游出版社

责任编辑：付　蓉
责任印制：冯冬青
图片提供：张吉林　郝康理　甘孜州旅游局　全景网

整体设计：zhengmei 正美
www.zhengmeiart.com

图书在版编目(CIP)数据

稻城亚丁告诉你 / 王志发著. —— 北京：中国旅游出版社, 2013.1
ISBN 978-7-5032-4658-6

Ⅰ.①稻… Ⅱ.①王… Ⅲ.①随笔—作品集—中国—
当代 Ⅳ.①I267.1

中国版本图书馆CIP数据核字(2012)第303727号

书　　　名: 稻城亚丁告诉你

作　　　者: 王志发
出 版 发 行: 中国旅游出版社
　　　　　　(北京建国门内大街甲9号　邮编:100005)
　　　　　　http://www.cttp.net.cn　Email:cttp@cnta.gov.cn
　　　　　　发行部电话: 010-85166503
经　　　销: 全国各地新华书店
印　　　刷: 北京工商事务印刷有限公司
版　　　次: 2013年1月第 1 版　2013年1月第 1 次印刷
开　　　本: 720毫米×970毫米　1/16
印　　　张: 14.5
字　　　数: 166千
定　　　价: 98.00元
ISBN 978-7-5032-4658-6

CONTEI

目录

稻城亚丁告诉你
Story of
Daocheng Yading

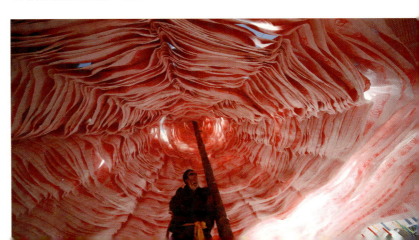

序言 PREFACE

香格里拉的行与思

借深入实际的考察推动工作落实、把一路难忘的风景化作笔端思绪——繁忙的工作之余，还有什么能比这更让人深感欣然呢？当志发同志的书稿《稻城亚丁告诉你》摆在案头，我一边拜读，一边由衷感到高兴。加之，志发同志的所至、所思、所悟、所虑，也是我持续多年的关注，所以，为这部书稿写几句话、做一个热情的推荐者，于我就更成为一种不容"推卸"的责任。

香格里拉生态旅游区，是我国国家级重点旅游区域之一，也是在世界范围内吸引力最大的旅游目的地之一。2007年，在国务院的高度重视下，由国家旅游局和国家发改委共同编制的《中国香格里拉生态旅游区总体规划（2007~2020）》通过了由中国科学院、清华大学、北京大学、北京交通大学和国家旅游局等多家单位的专家学者组成的专家组的评审并付诸实施。这一规划的起点之高，涉及部门之多，规划面积之大，都堪称前所未有。

可以说，规划实施几年来，对香格里拉地区旅游业的长期、可持续发展起到了重要的指导作用。规划出台后，在所涵盖的区域，滇川藏等地政府又分别以云南迪庆、四川甘孜、西藏昌都等地为核心，以"大香格里拉"概念为品牌，认真为规划制定了子规划、详细规划。2012年5月，由四川方面组织的《金沙江流域香格里拉国际精品旅游区——稻城亚丁概念性总体规划及重要项目概念性设计》通过评审，又为香格里拉生态旅游区总体规划的落实往前推进了一步。当月，受四川省政府的邀请和国家旅游局委托，志发同志率队对规划所涉地域再次进行考察调研。他的许多见地，在这部书稿里都有体现。比如，他判断：一旦交通问题解决，香格里拉旅游区旅游很快就会出现爆发式增长。在这种情况下，要高度关注宏伟的产业发展目标与有限的开发建设能力的矛盾、高品位的旅游资源与高难度的生态环境保护的矛盾、大规模的游客流量与多方面的设施瓶颈的矛盾。所以，志发同志提出，甘孜州在确定旅游业发展思路时，应注意做到"四化"，即产业战略支柱化、产业布局片区化、产品建设特色化、产业管理科学化。我以为，这些判断和意见都很准确，而且，对香格里拉区域的更多地区同样适用。

难得的是，在对香格里拉生态旅游开发、规划、管理的高度关注的同时，志发同志还从一位普通游客的视角，对所到之地的人文资源进行了大量细致观察和深入思考。在这部书稿里，康藏文化的魅力，是透过大量史实的梳理、鲜活案例的分析而展现在读者面前的。他通过"香格里拉之行"，体味了"香格里拉之谣"，展开了"香格里拉之思"，揭示了"香格里拉之魂"，最后攀上了"香格里拉之巅"。先哲云，"仁者乐山，智者乐水"。旅游，自古以来就是人类寻找精神家园的行为。阅读书稿，我还相信，志发同志对"香巴拉藏地"的一些学者化探寻、散文化描绘、哲学化思考，以及三者融会而成的某些独特感受，都将得到大家的共鸣。

对旅游者而言，最重要的是体验所至地域的人文内涵和自然内涵，进而生发出一些有益于人生、有益于事业、有益于生活的启迪或思索。对旅游管理者而言，要始终懂得：唯有使旅游者能够在行程中深刻体验到这两种内涵，有所收获，才能使其达到"满意"。唯有如此，国务院提出的"战略性支柱产业""人民群众更加满意的现代服务业"的目标才能实现。多角色、多角度推进工作，志发同志为我们带了个好头。

当今的中国，拥有全球最活跃、发展最快的旅游产业。期待更多的行业管理者能够像志发同志一样拿起笔，从普通游客的视角出发，写下有益于推动工作的文字，为中国旅游业的科学发展做出更多更大的贡献。

是为序。

邵琪伟

2012年12月

日照金山

稻城亚丁告诉你
Story of Daocheng Yading

第一部分
香格里拉之行

那里，有金字塔般的卡拉卡尔雪峰、五彩斑斓的河谷、大片的草甸和海子，有不同信仰却和睦相处的寺院和教堂。那里的人们，彼此关爱，幸福长寿，神秘而安详。

香格里拉的由来，既是源于一本文学著作，那么，我们又何必怀着或深或浅的局部考量，匆匆将其定位在一个排他性的所在？在青藏高原范围内，只要是洛克当年足迹所至，只要是希尔顿书中描摹过的地方，只要是能与人们心中的"理想国""伊甸园"相互吻合的地方，哪里不是香格里拉呢？

高山湖泊

01.飞向人间天国

　　这是一次期待已久的出行。当飞机从双流机场腾空而起，飞向甘孜，一种少有的快慰在我心头升起。

　　这是一段值得珍藏的晨光。当金色的阳光瞬间穿透云雾，洒向雪山，夙梦得圆的激动令我血流加速。

　　走进香格里拉藏地的机会，曾经很多次近在眼前，看似唾手可

飞越梦想（贡嘎）

得却又擦肩而过。每每都将向往变成遗憾。

此刻，夙愿终于上路。飞机正穿过霞光与云雾，飞往康定。本次出行是应四川省政府之邀，为《金沙江流域大香格里拉国际精品旅游区——稻城亚丁概念性总体规划》实施进行考察。带着行业管理者的使命走进香格里拉——这一传说中的人间天国。而我，也已肃穆了心灵，准备接受它的洗礼。

从四川甘孜的康定进入香格里拉区域，是有着深深香格里拉情结的四川省委常委、省农工委主任李昌平给出的建议。出身嘉绒藏族，曾在甘孜州工作过多年的他曾对我如数家珍：从贡嘎雪山到稻城亚丁，从康巴汉子村到丹巴美人谷，从约瑟夫·洛克到詹姆斯·希尔顿……后来，他的凝思聚情之作《在高原》便在我们谈兴未尽之时被我及时索至手边，每每拜读，都久久不忍释卷。

香格里拉（Shangri-La）的闻名于世，应该始于80年前的1933年。随着西方畅销书《消失的地平线》的流传，世人便开始追寻：香格里拉究竟在何方？

希尔顿在书中叙述了这样一个故事：20世纪30年代初，南亚次大陆某国发生暴乱，英国领事馆领事康维等4人乘飞机撤离。途中，却被一个神秘的东方劫机者劫往"蓝月亮山谷"。那里，有金字塔般的卡拉卡尔雪峰、五彩斑斓的河谷、大片的草甸和海子，有不同信仰却和睦相处的寺院和教堂。那里的人们，彼此关爱，幸福长寿，神秘而安详。

《消失的地平线》面世之时，人类社会刚刚经历了一次浩劫——第一次世界大战。随后不久，第二次世界大战的阴云又笼罩了欧亚大陆。战争造成的动荡和萧条，让整个世界人心惶惶甚至无望。于是，小说中自由、美丽、安详、和谐的乐土迅速成为人们的精神家园。于是，就像藏传佛教的信徒寻找香巴拉一样，对香格里拉的向往、寻找香格里拉的冲动，短期便在极大范围内展开，最终成为一种世界性"时髦"。毫不夸张地说，从那时起，香格里拉就成了一个被全球旅游者高密度提及的、最吸引眼球的地点或名词。

为了迎合人们的需求，1957年，印度国家旅游局宣布位于克什米尔喜马拉雅冰峰下的巴尔蒂斯坦镇就是"香格里拉"，一时间引得游人蜂拥而至。1971年，马来西亚华人巨富郭鹤年以"香格里拉"命名了自己的五星级连锁酒店，以幽雅、豪华与远离尘嚣的静谧为内涵，为旅行者们提供了一个可以触摸、能够享用的"世外桃源"，顿时顾客盈门。1992年，尼泊尔小镇木斯塘也自称为"香格里拉"，以此吸引了大批游客。

在国内，1997年9月14日，云南宣布：经专家论证，香格里拉就在迪庆中甸。2002年5月5日，经国务院批准，将中甸县名更改为"香格里拉"县。后来，四川的稻城县日瓦乡也更名为"香格里拉"乡（现香格里拉镇）。

直到今天，翻开国内外报纸杂志，"神奇的香格里拉""最后的香格里拉""寻找人间净土""回到失去地平线的世界"……诸如此类的醒目标题，仍在随处契合着和平时代的人们的心理需求——虽然没有了战争，但经济的高速发展和环境的日益严峻，更让每日拥挤于大都市焦虑中的人们，渴望一种心灵的宁静。似乎每个人都在找寻：迷惘的人生，需要走到何种秘境与圣地，才能得到醍醐灌顶般的启迪？

"目前的共识是，香格里拉的原型就在中国川、滇、藏交界处的一个较大范围。"李昌平说，"这是几省区都比较接受的一个判定。"

云南丽江纳西族专家和为剑也是一个香格里拉之谜的探寻者。从1997年起，他花了4年时间，整理并翻译了众多关于美籍奥地利植物学探险家洛克有关中国西南川、滇、藏交界区的游记散文和图片资料，对洛克足迹所至与希尔顿《消失的地平线》中所描绘的主要场景"香格里拉"的内在联系进行了大胆的研究与探讨。明确提出希尔顿的虚构源自洛克的真实经历，没有洛克就没有后来的香格里拉。他2000年出版的译作《消失的地平线》连同一起发表的译后记《破解香格里拉之谜》，在文化界、旅游界和广大读者中引起了较大反响和不少共鸣，为川滇藏大香格里拉生态旅游区的形成提供了颇有说服力的依据。

但是，在和为剑编著的《洛克与香格里拉》一书中，他又说，"丽江在大香格里拉生态旅游区域，处于核心区和示范区的战略地位。"对此，川、藏、青等地的专家学者虽未明确提出反对，但都在一系列论据的支持下，分别强化着"稻城亚丁——香格里拉之魂""西藏昌都，真正的香格里拉"等说法。2007年，由国家旅游局和国家发改委共同编制的《中国香格里拉生态旅游区总体规划》提出，"云南迪庆、四川甘孜、西藏昌都等地要进一步打破壁垒，深化合作，实现'同一个品牌，多个目的地'的区域格局"。换句话说，"香格里拉生态旅游区"核心区的概念，已经有了明确的官方界定。

作为大香格里拉区域旅游发展的关注者，我想，香格里拉的核心区不应该是一个点，而是一个区域或者多个各有特点的片区。另外，香格里拉的概念，既是源于一个旅行者的印记、源于一本文学著作，那么，我们又何必怀着或深或浅的局部考量，匆匆将其定位在一个排他性的所在？进入这一大美之地，1000个人的心目中会有1000个不同的香格里拉。只要是洛克当年足迹所至，只要是希尔顿书中描摹过的地方，只要是能与你心中的"理想国""伊甸园"相吻合的地方，哪里不是香格里拉呢？哪里不能代表香格里拉呢？

成都至康定的航程只有1个多小时。或许是因为旅游旺季将至，加上全天只有这一趟航班的缘故，飞机上几乎没有空位。行至末程，在空乘人员的帮助下，身边的同行者打开了行李，取出摄影

包，做好了拍摄的准备。舷窗外的云朵与霞光交汇而成的极致美景，让我这个常人都惊叹着舍不得错开眼神，作为摄影家的同行者当然更是无法淡定如常。

　　"那座雪峰叫什么？"摄影者问。

贡嘎山

"那就是贡嘎神山！"乘务小姐答。

"真是太震撼了！"摄影者惊叹声中，我的视野所及也在浑然交融中变得层次分明起来：上方，有成堆的洁白云朵；下方，隐约是皑皑的雪峰；中间，一条金色的光带铺向天边……

此曲只应天上有。李昌平说到天府成都的人文风物时提到了杜甫草堂，此刻我有些荒唐地想，如果诗圣当年能拥有我们今天这样的视角，会不会将《赠花卿》之句"此曲只应天上有，人间能有几回闻"改为"此景只应天上有，何时栖落在人间"呢？《赠花卿》中的"此曲"，是诗圣当年感喟于"锦城丝管日纷纷"才做了"半入江风半入云"之想的。那么，此刻我们眼前的极景，想来也是只有飞临康定才能见到的一种天地间独有的观照和映象吧。

诗圣与康定，应该并无交集。和康定之名传扬世界有关的，是那首大家都很熟悉的《康定情歌》。据李昌平解释，《康定情歌》最初叫"跑马溜溜的山上"，作者并非很多人揣测的西部歌王王洛宾，而是由土生土长于达州宣汉县马渡乡的音乐才子李依若1930年左右所作。后来，重庆青木关国立音乐学校一位教师采风时收集到这首民谣，改名"康定情歌"后，推荐给了当时走红的歌唱家喻宜萱。经喻宜萱在1947年前后公开演唱，遂成经典。

香格里拉——80年前，经希尔顿的妙笔，给西方世界增添了一种幻境般的美好，却又

不经意间吻合了"香巴拉"这一藏传佛教中的极乐世界；康定情歌——同样是80年前，经土著乐人原创，当红歌唱家演绎，让生长于香巴拉之境的溜溜调一炮而红，给爱情的经典中增添了一抹康藏风情。西方作家与东方歌者的这种不约而同，真是耐人寻味不已。

对神秘世界的探寻，对灵魂净化的追求，对人间净土的向往，对人间真情的颂扬，何时、何地，又何曾分过肤色种族呢？

天上的美景稍纵即逝，地下的康城举目可及。期待了许久的香格里拉之行由情歌之城康定开始，不啻为一个额外的奖赏。飞机下降的时候，那熟悉的溜溜调儿又升起在耳边：

> 跑马溜溜的山上，一朵溜溜的云哟；
> 端端溜溜的照在，康定溜溜的城哟。
> ......

是不是因了神秘的贡嘎雪山在极高处俯瞰、清亮的折多河在脚边流淌、纯真的木格错在遥远处旁观、虔诚的祈祷在灵魂中回荡……才让毫厘必较的商人、讲究门派的宗教，以及林林总总的观念于此地共融为一种难得的和谐呢。

贡嘎山

02.拜谒蜀山之王

  康定，现以中国情歌故乡闻名于世。但是，如果我们仅仅因为见识了其情歌之盛，就自以为了解了康定，那反而误读了这座康藏名城。

  换言之，康定深厚的文化底蕴并非一首情歌能够涵盖，更让人们肃然起敬的，还有它作为入藏第一门户、千年茶马古道第一重镇的人文历史，以及千百年来屡屡为世人称颂的贡嘎神山。

  对这一地区的人文价值，费孝通先生早在1978年就提出："我们以康定为中心向东和向南大体上画出了一条走廊。把这条走廊中一向存在着的语言和历史上的疑难问题一旦串联起来，有点像下围棋，一子相连，全盘皆活。这条走廊正处在藏彝之间，沉积着许多现在还活着的历史遗留，应当是历史和语言科学的一个宝贵的园地。"以康定为中心的藏彝走廊，而今已成为民族学、人类学研究的重点地区。

  康定，藏语称"达折多"，意即三山相峙，两水交汇的地方。至于又有古称"打箭炉"，一说是"达折多"的谐音；另一说则是因蜀汉时诸葛亮南征，遣将郭达在此造箭而得名。后经考证，后者属于附会，前者更接近史实——在藏语中，"达"指达曲河，"折"为折多河，"多"是指两水汇合。

  与其地理上的"交汇"特点相呼应，历史上的康定也是汉藏贸易物资集散中心，汉藏文化交互中心。元、明朝时还仅仅是一座小寨的康定，随着"边茶"贸易的逐步兴隆，到清朝时已形成川、藏间最大的贸易中心。极盛时期，在地势并不广阔的"达折多"有多达48家的"锅庄"，专门接待来往客商，提供搭桥、代理等服务。

清雍正年间王世睿所著的《进藏纪程》有载："西炉群峰高插云霄，中敞一涧，广阔如平坦……四方商贾辐辏，为川茶夷货交易之所，设有钦差监督税务。"清吴崇光所著《川藏哲印水陆记异》则写道："炉城有三门，山水为城郭，即口外番夷贸易总汇之所，亦茶市之要区也。人烟辐辏，市井繁华，凡珠宝等物，为中国本部所无者，每于此地见之……"

各地商贾云集，也使这里的宗教文化多样化起来——汉族的儒教、道教，藏传佛教的白教、红教、黄教，西方的天主教、基督教皆聚集于此，形成了康定城内及周边庙、寺、观、教堂同在一片净土，与当地文化兼容共生的难得景象。

是不是因了神秘的贡嘎雪山在极高处俯瞰、清亮的折多河在脚边流淌、纯真的木格错在遥远处旁观、虔诚的祈祷在灵魂中回荡……才让毫厘必较的商人、门派森严的教派，以及林林总总的观念于此地共融为一种难得的和谐呢？

从康定情歌景区驱车去泸定拜谒贡嘎雪山的路上，我这样思忖：有神山，人们就有敬畏；有清流，人们就有参照；有情海，人们就有真挚；有大德，人们就有楷模。这大概就是环境影响人、水土造就人的典型案例吧。

当地旅游局同仁介绍的一二趣闻，为我的个人揣测提供了更加鲜活的例证、更为形象的诠释。

其一，六巴乡美谈。六巴乡是木雅藏族聚集区，现改为贡嘎乡，是洛克当年停留过的地方。这里从古至今路不拾遗，夜不闭

贡嘎云雾

户，人们友爱和善相处。据说，有一年乡里的小学搬迁至新教学楼，旧校舍虽被荒废，但校舍的玻璃却始终完好无缺，没有一块被孩子和路人打破。以至于中央和四川省领导到此慰问时，也都无不为之额首感怀。

达折多，纯净的自然与深厚的人文环境，孕育了这方水土间淳朴善良、至真至美的民风。

……

有着"蜀山之王"美誉的贡嘎山，位于康定、泸定、九龙三县。我们是从泸定的海螺沟景区坐索道上山的。一路郁郁葱葱，这和很多名山无异。然而，缆车运行了一段时间，似乎慢了下来。正迟疑之际，当地同仁手势向下，示意说："海螺沟低海拔冰川到了！"

说起冰川，人们总觉得那么遥远，要么位于遥不可及的南北两极，要么处在内陆高山雪线之上。惊诧中，我们低首寻找。时而是大片灰白的石块沙砾，时而是一汪湛蓝清澈的海子，时而是山边流淌而下的温泉溪流……在海拔3000米的山沟里，世界海拔最低冰川竟然不动声色地在我们脚下"流淌"开来。

海螺沟景区管委会负责人介绍，在贡嘎山主峰周围，林立着23座海拔6000米以上的山峰，四周呈放射状分布有74条冰川，其中长度超过10公里的冰川有5条。海螺沟冰川是5条冰川中最大的一条。他介绍，这条冰川的顶点达海拔6750米，而底线仅海拔2850米，低于贡嘎山雪线1850米。正因海拔如此之低，才使得原本专属于登山运动员、冰山专家们的寻梦乐园能为我们这些常人所欣赏。而这正是海

螺沟独具的魅力之一。

　　在海螺沟景区，允许游客沿边缘步行近观甚至登上某段冰川。在保护的前提下，他们最大限度地给了到此游览的人们难得的体验。当然，随着气候变暖，冰川融化，以及旅游安全的要求，未来零距离触摸这历经千万年才保留下来的冰川，有可能会变成一种奢望。

　　冰川从我们身下隐去的时候，有人遗憾，也有人欣然。遗憾者说，不知道下次还有没有机会再来，亲吻这大自然的杰作；欣然者言，远赏一番就该知足，没让我们足迹踏上冰川，倒也同时获得了一种别样的成就感。

　　有时候，遗憾即是另一种美好的代称。

　　缆车快速上行，就在突感山势陡峭起来不久，我们落在贡嘎山

贡嘎冰川

三号营地。拾级而上，寻一处观景台，远远望去，海拔7556米的贡嘎山主峰在一片云雾遮掩下，若隐若现地冲击着我们的心怀。天气不算好，但国家旅游局规财司巡视员张吉林、四川省旅游局局长郝康理等一众摄影家依旧举起各式各样的镜头，尽心捕捉着那远远高耸着的一处洁白。

其实那时，我们每个人心头都有一丝没有说出口的期盼，期盼能有一瞬阳光，驱散雪山顶上的那团雨雾，好让神秘的雪山能一露真容。然而，期待良久，希望仍很渺茫。

"我们来的时间不好""今天的天气不太适合"……人们自我也是互相地安慰着，就起了下山的念头。

"再等一等吧！"身为甘孜州旅游局局长的肖峰，力挽大家再停留一会儿。似乎，不能让大家一览"日照金山"的奇景，于他这位东道主来说就是一种难以接受的缺憾。于是，大家三三两两坐了下来。

肖峰介绍，贡嘎山之"贡"，藏语乃高大之意；"嘎"，乃洁白的意思，有人将其形象地汉译为"至高无上，洁白无瑕"。他说，"山下有个摄影基地，挤满了全国各地来的摄影家。为了领略'日照金山'，有人在这里一待就是几个月呢！"

或许是他的诚意打动了天地，说话间，有人叫起来："出太阳了！看哪！"于是群情激动，所有的眼睛都盯向了一个地方。曾经只在图片中看到过的奇景，就这样似有似无地裸露在了我们的眼前。顿时，快门声、惊呼声连成了一片。随即，又是一阵寂静……仿佛，谁发出一点声响，都会惊走这难得一见的景色。

阳光，很快就隐去了；云团，重新怀抱了贡嘎主峰。当我们怀着不可名状的激动，乘缆车下山的时候，一道彩虹又不期而至，在阳光和雪山之间缥缈着，给了我们不同凡响的满足。

80年前，在莫溪山上，当洛克第一眼看到雄伟壮丽的贡嘎山主峰时万分惊讶。他在日记中这样写道："它的主峰，像一座金字塔一样鹤立鸡群于它的姊妹峰之上，高耸着直冲苍天。""景色如此

壮观，难以用语言来描绘它那非凡的全景。""作为第一个白人，我站在这里享受着如此美景。"

希尔顿则借主人公康维的视角，在《消失的地平线》中如此描摹："当最早的日光触及峰巅时，前方呈现苍白色三角形的山，又出现了。它先呈现灰色，随即变成银白色，然后又由最初的阳光给妆点上粉红的胭脂……"

虽因观赏时间的差异所见略有不同，但我们仍然相信，自己拥有了当年洛克所拥有的幸运，看到了希尔顿当年笔下的奇景。我想，在康定、在海螺沟，我们初尝了亲见香格里拉幻境的喜悦。

以研究纳西古乐闻名于世的云南民族音乐学家宣科，对香格里拉的寻找也怀有极大兴趣。他在截取了《消失的地平线》之典型描写之后，曾这样表示：现实中的香格里拉，应与小说中的如下描写相对应——

"这个地方被高山环绕，映衬着青青的草地。一座雪山屹立于群山之上，其主峰有如金字塔。"

"在山庄的外围，也有儒家和道家的寺庙、道观，其次是基督教、汉传佛教、原始宗教……"

"走向阳台，望着茫茫夜空下的卡拉卡尔山……而他心里也清楚，自己心灵深处的那个世界已经浓缩成为香格里拉……"

揖别贡嘎，越野车在颠簸中疾驰，可我的思绪，似乎久久留在了那雪峰、冰川、海子，以及藏风浓郁的山水之间。如果这样的胜境不是香格里拉，哪里才算得上是呢？

两支人马，他们远远地走来，又远远地走去— 一支心怀赤诚、热血贲张，他们带着改造旧世界的红色梦想，正进行人类史上少有的长征；一支醉情美景、神有所往，他们怀着对处女地的探寻，身背相机和仪器正进行深入实地的科学考察。那一刻的同一时空—中国西南高原的崇山峻岭中，西方人心目中的香格里拉，与中国百姓对幸福生活的盼望，命中注定的交汇，而又命中注定地擦肩而过。

泸定桥

03. 泸定桥边断想

　　就在探险家、植物学家洛克流连于川、滇、藏等高原区域，醉心于采集植物标本、撰写日记、拍摄图片的同一年代，中国大地上正展开着一场关乎民族命运的残酷战争。

　　随后两三年，作家希尔顿接受了来自洛克的创作灵感，创作发表《消失的地平线》，成就了西方人心目中一个虚幻的香格里拉的美丽传说。与此同时，来自中国湖南的毛泽东和他的战友们却正为了中国百姓摆脱"水深火热"、过上"平等幸福"的日子这一实实在在的盼望，带领中国工农红军，用生命和赤诚，书写着一部叫作"长征"的动人史诗。

　　伫立于大渡河畔，望着峭壁下的滚滚江水，我的眼前仿佛出现了两群人马，他们远远地走来，又远远地走去——一群心怀赤诚、热血贲张，他们带着改造旧世界的红色梦想，正进行人类史上少有的长征；一群醉情美景、神有所往，他们怀着对处女地的探寻，身背相机和仪器正进行深入实地的科学考察。那一刻的同一时空——中国西南高原的崇山峻岭中，西方人心目中的香格里拉，与中国百姓对幸福生活的盼望，命中注定地交汇，而又命中注定地擦肩而过。

　　站到历史、文化的高度看，基于不同环境、不同社会阶段的这东西方两个群体，虽然规模相差悬殊，目的也并不相同——分别在以军事与科技这截然不同的方式前行——但本质上，他们心中的向往、需求又有什么不同呢？为了实现自己心中的目标，他们秉持的那份执着又有什么差异？

　　在泸定桥边的博物馆里，我们再次重温了那段让人震撼的历史，那些令人壮怀激烈的场面：

1935年5月24日晚，红一方面军主力在大渡河南岸的安顺场一带开始强渡大渡河。安顺场原是太平天国翼王石达开北渡失败之处，地势险要，两侧高山，中间河谷，无回旋余地。四川军阀曾扬言，红军将重蹈石达开覆辙。25日，红一军团袭占安顺场，控制了南岸渡口。而后，17名勇士组成突击队，冒着敌人密集火力，奋勇渡过大渡河，又占领了北岸渡口。

然而，强渡大渡河后，要用几只船将几万红军渡过河去，最快也要一个月的时间。而国民党军的追兵紧追不舍，形势十分严峻。

泸定桥

5月26日上午，毛泽东和周恩来、朱德、王稼祥、刘伯承、林彪、聂荣臻等研究后，作出了夺取泸定桥的决定。

5月28日，红四团接到命令："王开湘、杨成武：军委来电，限左路军于明天夺取泸定桥，你们要用最高的行军速度和坚决机动的手段，去完成这一光荣的任务。"

接令后，红四团一昼夜步行240华里山路，这是让敌方守军无论如何也想象不到的。他们29日清晨出其不意地出现在泸定桥西岸并与敌军交火。22名勇士组成的突击队，冒着敌人密集火力，攀踏着悬空的铁索链冲向对岸，占领了桥东头。随后大部队迅即渡河攻占了泸定城。

有文章记述，奇绝惊险的"飞夺泸定桥"战斗，仅用了两个小时。这一战斗，击碎了敌军南追北堵，欲借助大渡河天险将红军变成第二个石达开的预言。泸定桥因此而成为中国共产党长征时期的重要里程碑，在中国革命史上，有着"十三根铁链劈开了通往共和国之路"的壮美赞誉。据说，在激战后的泸定桥上，刘伯承元帅当时曾重重地在桥板上连跺三脚，感慨万千："泸定桥，泸定桥，我们为你费了多少心血，现在我们胜利了，我们胜利了！"朱德总司令在长征回忆录中也有"万里长江犹忆泸关险"之句，印证了红军当年飞夺泸定桥的艰险与壮烈。

强渡大渡河、飞夺泸定桥之后的10月间，注定要在中国历史上占有重要地位的军事家毛泽东，更以他卓越的诗人才华，写下了大气磅礴的诗篇《七律·长征》：

红军不怕远征难，万水千山只等闲。
五岭逶迤腾细浪，乌蒙磅礴走泥丸。
金沙水拍云崖暖，大渡桥横铁索寒。
更喜岷山千里雪，三军过后尽开颜。

其实，大渡河与泸定桥之胜，除了红军将士的勇往直前外，还和毛泽东作为一位军事家的缜密应对有着直接关系。

彼战之前，在反复思考的同时，他还派人深入了解当年石达开在此全军覆没的原因。当他得知当地一位年过八旬的清朝末年秀才熟悉此段史实，立即夜派两名警卫员打着灯笼寻访并邀至住处长谈。老秀才来到近前，毛泽东连忙起身让坐，恭敬地为他倒茶，笑眯眯问："老人家，你可知石达开当年如何失阵落马吗？"

老秀才沉思一番，用四言八句答道："朝西走松林河千户阻挡，往东退陡坎子百仞高山；向北进唐总兵虎踞铜河，欲南撤黑彝儿擂木蔽天。"

东西南北都不通，怎么办？毛泽东向老人家仔细请教起来，还仔细问起了石达开当年的许多失败细节。之后，他立即召集军委领导人举行会议。大家认为，红军与石达开的不同之处有很多：第一，拦截红军的国民党军来自不同派系，彼此合作意识不强，战斗力差异太大，红军可以避强攻弱，从夹缝中突围。而石达开的太平军面对的是清军精锐，配合较好，能够在大渡河畔合围太平军。第二，红军是以崇高使命为动力，以钢铁意志为矛，以百倍信心为盾，战斗力强悍。而石达开的太平军从太平天国脱离出来，转战千里，几同流寇一样没有目标，军心涣散。第三，红军和当地少数民族的关系较好，可以得到支持和补给。而石达开的部队无法从少数民族地区借道，因此陷入困境。

于是，毛泽东作出新部署——改变全军由安顺场渡河的原计划！，改为由红一师及干部团沿河北岸上游进攻泸定；红一方面军由大渡河南岸逆流而行，红四团率部飞夺泸定桥。生死攸关之时，毛泽东的"调研"功夫，让红军避免了"石达开第二"的命运。

多年后，有专家分析了面临大渡河天堑，红军与石达开的太平军命运不同的另外几个原因。

中国古语云：得道多助，失道寡助，这一亘古不变的真理，曾经多少次让人类的历史改变了走向！

大渡河，泸定桥。以当年红军不可思议的胜利载于中国革命史册，又以当年洛克团队的考察闻名于西方世界。我不由得想，是

这片后来被称为香格里拉的山水，给了外国科学家与中国革命者相同的庇佑吧？在这里，洛克历尽千险，收获了他赖以成名的大量标本、文字和照片，以及一个丰富的精神世界；在这里，毛泽东和他率领的将士们，历尽万难保住了革命的种子，收获了中国现代革命的梦想军团——红军之战斗史上一次至关重要的胜利。

除了这场经典的胜利外，大渡河上横跨着的古老的泸定桥，也是来到这里的人们的一大关注点。这是一座当年由清康熙皇帝御批建造的悬索桥，无论其独特风貌还是建造过程，都有着让人探寻的魅力。

泸定桥桥台为固定地龙桩和卧龙桩的基础。桥亭属清式古建筑，为全国重点文物保护单位。该桥始建于清康熙四十四年，建成于清康熙四十五年（1706）。桥建好后，康熙即御笔题写"泸定桥"三字，并立御碑于桥头。桥长103米、宽3米、13根铁链固定在两岸桥台落井里，9根作底链，4根分两侧作扶手，共有12164个铁环相扣，全桥铁件重40余吨。走在桥上，低头看波涛汹涌的大渡河，你能想象当年的工匠是怎样把这么沉重的铁链拉过河铺成铁索桥的吗？

相传修桥的时候，粗大的铁链无法牵到对岸，用了许多方法都失败了。所以各地能工巧匠云集于此共商牵链渡江之计，最后采用了索渡的方式——以粗竹索系于两岸，每根竹索上穿有多个短竹筒，再把铁链系在竹筒上，拉到了对岸。

读万卷书，行万里路。如今的旅游者，无不为所到之处的见识而惊讶，并由之折服了古人不可思议的智慧。泸定桥，不仅是一座英雄桥，还是一座文物桥、智慧桥。

如今的磨西，已成为国家级森林公园的入口，旅游发展的一个直接结果就是给当地人带来了前所未有的富裕。在那条背夫们走过的古道上，现在走着成千上万的国内外游人，他们被这里的风景、文化吸引而来，却在不经意间复兴了这座古镇的气象，也给这里的人们带来了一份本该拥有的生活。

磨西古镇

04.徜徉磨西古镇

在两条古冰川千百年不断的"切割"下，大山退让了，将自己躯体的一部分——峡谷地带上的一块台地拱手献给了人类。如今，在这一台地上我们看到的是一座叫作磨西的古镇。

磨西位于泸定之南，贡嘎山风景区东坡，海螺沟冰川森林公园入口处。关于磨西镇名的来历，一位导游员通过一个小故事这样介绍：

"磨西"一词本是藏语，意思是"不懂"之意。据说在很久很久以前有一队汉商从此经过，不知何处，正好见一位静坐的喇嘛，便请教此地地名，喇嘛本不懂汉语，于是用藏话回答了一声"磨西"，而几个汉商也不知其意，即把"磨西"当成了地名，后来叫的人多了，磨西便也由此得名。

但当地旅游局的一位干部否认了这一说法。他郑重地说，"磨西"为古羌语，意为"宝地"。于是，将"宝地"解释成"不懂"的导游员尴尬了好久。只是为了激起游客的兴趣，而用各种道听途说的东西来面对游客，这也是一些导游员的一个通病。

磨西的出名，和一座与中国红军命运相连的天主教堂有关。这是一座法国传教士修建的教堂，它所传出的钟声，在古镇已经回响了一个世纪。

沿着一条小巷，我们走进磨西天主教堂院落，首先见到的是一幢中西结合、砖木结构的二层楼房。走上台阶，一块镌刻着《磨西会议旧址（1935年5月）》和《省级重点文物保护单位》的石碑告诉我们，这幢楼房就是当年红一方面军及中共中央军委机关举行"磨西会议"的地方。1935年5月29日晚，就在这幢楼房二楼西侧的神甫房，会议在毛泽东主持下开始，周恩来、张闻天、王稼祥、秦邦宪、陈云及邓小平等参会，决定了红军飞夺泸定桥和继续北上抗日的方针。楼房西侧毛泽东当晚住宿的房间内，摆放着伟人当年用过的桌椅、床铺和马灯。

磨西古镇天主教堂

神甫楼左侧的礼拜堂，是磨西天主教堂的主建筑。一位当地老人，在这里向我们介绍了红军长征路过磨西的一些情况。当年红军在磨西开仓济贫，宣传抗日，动员群众，得到了磨西百姓的拥护和支持，虽然红军在磨西仅停留了六七天时间，但却在磨西人民心里留下了美好回忆。至今，当地群众仍自发组织，志愿轮流到红军驻扎过的教堂和神甫楼值班守护，担任义务讲解员和管理员。这位老人的神情告诉我们，他对当年的红军长征给磨西留下的故事充满自豪。

磨西天主教堂，在建筑风格上融入了中国西南地区传统庙宇的样式。在它的东北一侧，可以清楚看到中式圆形窗子，而南北方向的窗户又呈现出欧式风格。从正面看，它应算得上真正意义上的欧式建筑，但从侧面看，却是国人非常熟悉的斗拱飞檐。建筑的直观

之外，甘孜州副州长葛宁还给我们介绍了一个更具"融合"意义的细节：当教堂举行弥撒，悠悠的圣乐传入耳中。如果你进入其中仔细观察，乐师使用的竟是中国传统的乐器——唢呐，而非其他各地天主教堂做弥撒时使用的管风琴。

天主教堂东侧不远，是磨西藏传寺庙金花寺。我们注意到，寺庙主殿左上方屋檐下悬挂着太极图，而右上方的屋檐下则悬挂着佛教万字图，正中又是藏传佛教的达赖图唐卡，道教、藏汉传佛教都在同一寺庙中显现着。葛宁、肖峰都介绍，和刚才的所见一样，这就是磨西古镇文化的最大特点——和谐地兼容。是的，走出大门，我们就又看到外墙上的一番"别致"，那里同时画着文成公主、松赞干布、毛泽东和周恩来的画像。

磨西不大，却是千年川藏茶马古道的必经之路。如果说，当年艰辛的红军在磨西留下的是一份胜利的豪情，那么，另一个同样艰辛的群体留给磨西的则是一份活着的无奈。

茶马古道地势陡险，骡马难以通行，只有人的双脚可以攀缘其间，所以自古便造就了独有的职业——背夫。

从磨西到康定，现在开车一小时左右便可到达，可在当时，往来于两者之间却要花将近十个日夜。据说，那时背夫们都是将长条茶包固定在背上，力气大的人一背就是十多条，两三百斤。在他们胸前，系着破旧的毛巾或椭圆形的小篾圈，毛巾是用来擦汗的，而小篾圈，则用来刮汗；在他们手上，还会有一根木质或者竹质的"墩拐子"，是协助爬坡和休息的工具。镇上的老背夫说，因为路途遥远，需要赶路，加之身上的装备比较复杂，所以一旦茶包上肩，他们就不再轻易卸下来，累了的时候，就把"墩拐子"支在地上，然后把重重的茶包置于墩拐子之上。背夫们就这样走走歇歇，在大山、森林的深处踽踽前行。

背茶是按计件取酬的，一般背夫背十条茶包已算不易。这样，他们一个往返就可以换来玉米两斗，扣掉路上吃的和食宿，虽往往所剩无几，但也勉强支撑起一份粗陋的日子。背茶的路上，背夫只带着少量作为干粮的玉米粑粑和一点食盐。晚上住宿时，他们更是连住客栈的钱都舍不得花，找个遮风挡雨的地方，整理好第二天要吃的食物，以天当被，以地为席，随便一躺，就在蚊虫的叮咬下进入梦乡。

当地现在还流传着这样的谚语："十个背哥九个穷，背架子弯弯像条龙"。在磨西，很多人年少时便加入背夫的行列。在父辈的带领下，他们先是用稚嫩的肩膀背起两三条茶包，随着年岁的增长，肩膀上的茶包越来越多。也有妇女加入背夫行列，甚至包括带孩子的妇女，她们把婴儿绑在茶包的顶端，和男人一起，日复一日年复一年地往返在康定与磨西之间的山路上。

于是，无论炎夏隆冬，千年古道上，脚穿草鞋、衣衫褴褛的背茶人川流不息。日久天长，山道上留下了"墩拐子"杵过的痕迹，那些深深浅浅的石窝窝，至今仍可在因荒弃而覆满青苔的石板道上看到。因为道路崎岖难行，路途中会有疲累的背夫不小心掉到悬崖里去。

"满眼蓬蒿游子泪，一盂麦饭故乡情"。这是临近康定的大风湾"白骨塔"上的一副对联。据说，旧时那些在附近被累死、冻死、饿死的背夫们，都会被集中拖到这里草草掩埋，这就是今天的"白骨塔"的由来。

茶马古道上的背夫，用汗水和生命换取了当年磨西小镇的一时繁荣。如今的磨西，已成为国家级森林公园的入口，旅游发展的一个直接结果就是给当地人带来了前所未有的富裕。在那条背夫们走过的古道上，现在走着成千上万的国内外游人，他们被这里的风景、文化吸引而来，却在不经意间复兴了这座古镇的气象，也给这里的人们带来了一份本该拥有的生活。

对从异地蜂拥而至的游人来说，除了将不同文化融于一处的多姿多彩，磨西的魅力还在于它独一无二的旅游资源。除了远处的贡嘎雪山，这里还有堪称一绝的高原冰川温泉，以及那些随时都会出没在树丛中的猴子。

从磨西到海螺沟冰川森林公园二号营地的路上，常年都有奔着温泉而去的游人，冬季最甚。海螺沟景区负责人介绍，这里的贡嘎

海螺沟温泉

沸泉流水终年不断，出水口温度最高可达93℃。经科学分析，属碳酸氢钠型中性优质医疗热矿泉，对多种疾病有奇特疗效。另外，此地还有"猴子泡温泉"的奇景：海螺沟的猴子为什么越来越多，且都比较长寿？除了生态环境的友好极适合生存外，独有的高原温泉也是这里的猴子们健康长寿的秘诀。

海螺沟温泉不少，最具规模的温泉在二号营地。多年来，这里已建有1000平方米露天温泉泡池及温泉游泳池，适合家庭旅游及团队住宿的温泉客房自然更不会少。

雪山冰川和温泉共存，确是一种罕见的奇观。舟车劳顿远道而来的人们每每临此，一身疲惫顿时便会消释无形。特别是冬季，如果有一场雪，简直就是一种别处极难经历的传奇——身在温泉池，抬目四望，尽是茂密的原始森林；热气缭绕中，举起相机，满是雪花飘飞的奇妙……尘世凡间，如果不是在磨西，不是在海螺沟，怎么会有如此至奇的体验？

小磨西，大魅力。在现代都市的尘嚣之外，在川西高原的大渡河畔，磨西古镇将原真的历史、多样的文化，以及绝妙的生态奇观水乳交融于一处，打动着每一个有缘亲近它的人。

不是所有的风景，你都可以有机会深入其中。而旅行的意义，很多时候也是在路上，这似乎才是人生真实的写照。在路上，你可以从不同的角度观看美景，反观人生；在路上，你才会历经磨难，方有顿悟；在路上，你才能做到远观，不至于身在其中"不识庐山真面目"。

新都桥

05.穿行在新都桥

不是所有人都有幸在海螺沟营地或更近的地方一览贡嘎雪山的真容，但不用遗憾，作为极高雪山的贡嘎给了人们很多远眺的机会。

出康定西行约80公里，翻过了康巴第一关——折多山上海拔4298米的垭口，你就会来到一个充满诱惑的地方。驴友称之为"画廊"，摄影家称其为"天堂"，这就是位于川藏线南北分岔路的新都桥。

新都桥并不是一座桥，也不是因桥得名，而是一个藏地小镇，又叫东俄罗，是318国道去往稻城亚丁的必经之地。当人们为了一睹"最后的香格里拉""蓝色星球上最后一片净土"的芳容而踏上漫长的川藏线，往往会为这"路上"如诗如画的美景驻足。背包客们在这里放下行囊，陶醉于川藏公路两侧的河流、草原、森林、山体、寺庙、藏房，摄影家们则多半抄起大小、长短的镜头，忙于收纳这无尽的自然风光和浓烈的藏乡风情。

我们是在5月下旬拥入新都桥怀抱的。越野车停下来的时候，还没推开车门，一身的劳顿立即就被窗外扑面而来的梦幻般景致消解于无形。

近观——清冽的溪流蜿蜒于高原草甸之间；无垠的草原舒展在蓝天白云之下；高高低低的一棵棵杨柳虽还没迎来那耀眼的金黄，但它们托举着的团团绿意彰显着生机；色彩斑斓、错落有致的藏式民居散落在草甸、绿茵之中，美不胜收。

远眺——神奇的光线变幻着无尽的色彩；神秘的藏寨飘起了缕缕炊烟；牛羊散漫着它们的步子，时而低首时而昂头一副悠闲，

山峦起伏处，偶尔似有星星点点的藏民劳作的身影灵动了画面。

最不经意的时候，回头一望来时经过的线路，忽然就有一座皑皑的雪峰异常清晰地矗立起来，在群峰的簇拥下，震撼着人们的心

新都桥风光

弦——贡嘎雪山，它就在那里远远地注视着我们，一如我们对眼前迷人风光的注视。匆匆如我们这样的过客，走了很久，原来也没有走出它深情、绵长的目光。在它的眼里，我们可能就是收获美的主人，或者也是风光的一部分。

一位资深背包客在一篇游记里对新都桥和江南水乡做的一番对比颇为到位。他写道："以前如果说起'小桥流水'，我理所当然认为是江南，但现在我已经知道，在川西高原这个叫新都桥的地方，也有极美的小桥与流水。只是，它的风格完全跳出了人们的想象：江南的小桥流水，是要配上烟雨、垂柳，在朦胧中展现的；新都桥的小桥流水则像一个明艳开朗的少女，在高原灿烂的阳光下，毫不吝惜地展示她的自然靓丽。"

新都桥镇不大，但即使跟大于其数十倍的其他同类景观相比，它在摄影、绘画界的名气也不算小。同行者说，如果到了九月、十月，这里就会变成上帝的调色板：大地披金，杨柳烂漫。"色彩缤纷"一词，用来描述秋天的新都桥是最为恰当的。那时，人们的视野中，蓝色、白色、金黄、深红以及绿色互动着、交融着、流畅着，人人到此，都会恍如置身于一幅油画之中。当然，在斑斓的光影里远眺洁白的贡嘎雪山，就更是让人享受多姿多彩、美轮美奂的视觉盛宴之时的一种升华了。

除了眼前这份自然的极景外，同行的朋友介绍，新都桥附近的人文景观也非常丰富。穿过"画廊"四五公里，有一座千年古寺——居里寺，以及神秘的木崖天葬台。但因为要去往更远处的塔公景区，还要在天黑前赶到雅江，我们也只好错过。

塔公景区是国家级风景名胜区，属草原风光和宗教文化的风景名胜区，面积超过700平方公里，地势起伏和缓，水草丰茂，牛羊成群。浓郁的藏乡风情、神秘的宗教文化、美丽的草原风光是塔公旅游区的三大特色，景区有高耸的雅拉雪山、金碧辉煌的木雅经塔、著名的塔公寺及塔公寺塔林等景点。

塔公，藏语意为"菩萨喜欢的地方"。相传，当年文成公主进藏时曾途经此地，公主随身携带有一尊释迦牟尼12岁等身佛像，正当公主行经此地时，佛像突然又沉又重，怎么也抬不动。正当众人一筹莫展之时，佛像开口说话，说喜欢这个地方不走了。可此佛像乃唐太宗赐予藏王松赞干布的珍贵礼物，不能留于半路，于是公主令随行工匠照原样复制一尊佛像供奉于此。于是塔公寺闻名康区，有着"凡愿到西藏拉萨朝圣而未能如愿者，朝拜康藏塔公寺释迦牟尼像亦具有同等效果和功德"的说法，塔公寺也因此有了"小大昭寺"之称。在塔公及康巴藏区很多地方都有着文成公主"路过"的传说，其实正史记载，文成公主当年进藏实是取道青海，足迹距此千里之遥。可见路过之说多属民间附会，但也说明了藏民族对藏汉友谊的珍惜、对文成公主的崇敬。

当地景区负责人介绍，塔公寺又称"一见如意解脱寺"，是藏传佛教萨迦派最著名的寺庙之一，距今已有1000多年的历史，属于吐蕃时期藏王松赞干布面向汉区兴建的108座神庙中的最后一座。塔公寺建筑宏伟壮观，主要由主大殿、护法殿、觉佛殿、塔殿、转经廊、扎空（僧房）、莲花生殿等几部分组成。在"觉卧佛"殿

稻城傍河乡

康定塔公扎西寺佛事活动

中，供奉的即是上文提到的文成公主经过此地时复制的三尊释迦牟尼12岁等身像，为镇寺之宝。

　　塔公寺不远处就是著名的木雅金塔（又名木雅尊胜塔）——为纪念十世班禅大师于此灌顶布法而修建的佛塔。金塔位于雅拉神山、夏古冬青山、文殊山、观音山等8座神山所环绕的中心，是一座坛城式佛教寺庙建筑，占地35亩。金塔黄金贴顶，金塔外有383米长的转经廊，装有470个转经筒。金塔四周有4座台阁式佛塔，每座塔内装藏了10万小佛塔。木雅金塔是由宁玛派（红教）六大佛

寺之一的竹庆寺活佛多吉扎西活佛捐资于1997年建造的，建造时共用了100多公斤的黄金（另说80公斤黄金），据说寺庙开光时，天空出现五彩祥云，七色光环。

塔公寺、木雅金塔所在四周是莲花般围绕着它们的塔公草原。在这里，每年8月初都要举办传统赛马会，牧民们身着节日盛装，从四面八方会聚而来，赛马场上骏马奔腾，惊险的马技表演常常会赢得阵阵喝彩声，一派浓郁民族风情的高原风光，不但衬托了当地藏民的风采，更迷醉了大量远道而来的游客。

塔公草原四季风光各异，春夏碧草连天，繁花似锦；秋日牧草金黄；严冬则是一片银装素裹。夏秋之际，塔公草原风光最美：茵茵草地上，种类繁多的野花竞相绽放，绚丽多彩。游客徜徉于花海之中，看着牧民的黑帐篷里炊烟袅袅，闻着时时飘来缕缕奶香、茶香，听远处悠扬婉转的牧歌，都会有一种难以言表的心理满足。

另外，在夏季的塔公草原，据说还有一大特色——"追身雨"，是指往往在午后突然就下起来的阵雨，短则几分钟，长不过十几分钟，"追"着人下，让你无处躲藏。那个时候，很多人虽因毫无准备而觉得狼狈，但阵雨过后，却往往能享受到被雨水洗刷后的一种更加独特的草原风景。

塔公草原的东面就是藏传古籍中称为"第二香巴拉"的雅拉雪山了。史诗《格萨尔王传》和藏传古籍《神山志易入解脱之道》中对雅拉雪山都有记载，是我国藏区的四大神山之一。

雅拉雪山，藏语称"夏学雅拉嘎波"，意为东方白牦牛山，位于四川省甘孜州康定、丹巴、道孚三县交界处。东临大渡河，西望八美镇，北接丹巴，南缘康定。主峰海子山坐落于道孚县八美镇境内，是大雪山山脉的第二高峰，海拔5820米，与"蜀山之王"贡嘎雪山遥相呼应。

　　不少游记文章都提到过，站在不同的地方看雅拉雪山，山形各不相同。从道孚县八美镇看是皇冠状；从新都桥方向看则呈莲花形；从农戈山上观望呈逼真的坐佛形象；从塔公草原看则为金塔与雪峰争辉……这就是苏轼《题西林壁》中"横看成岭侧成峰，远近高低各不同"的又一个生动注解吧。

　　但从以上不同的角度——去欣赏雅拉雪山，对我们来说显然是一种奢望。天色将晚，下一个住宿地远在雅江，我们还有几十里的山路要走。何况，当地旅游局同事说，"雅拉雪山景区没有住宿的酒店，游人若想过夜一定要自备帐篷与睡袋"。而我们此行，显然没有预备类似的设备。于是，我们匆匆上路，远远的眺望中，和雅拉雪山挥手告别。

　　不是所有的风景，你都可以有机会深入其中。而旅行的意义，很多时候也是在路上，这似乎才是人生真实的写照。在路上，你可以从不同的角度观看美景，反观人生；在路上，你才会历尽磨难，方有顿悟；在路上，你才能做到远观，不至于身在其中"不识庐山真面目"。

　　但作为弥补，当地一位导游员给我们作了绘声绘色的介绍：

　　雅拉雪山峰顶终年积雪，山体气势磅礴；雪线下是独有的浩瀚红杉森林，断崖间有瀑布悬挂其上，山下有雅拉友错、垭拉错和镇朗错三个高山湖以及无数天然温泉；其间有古驿道穿行其中，两旁为天然牧场，雪山、冰川、瀑布、海子、森林、草场、河流、温泉，构成了雅拉秀美的自然景观。

　　雅拉友错，藏语意思是玉色的海子，方圆近1平方公里，由湖边至湖心呈浅黄、浅绿、湖绿、蓝、深蓝等颜色。湖面宁静时，倒影逼真迷人；涟漪涌起时，又像漂满细碎的金银。据说，雅拉友错是能呼风唤雨的海子，所以很多人前来朝拜。但有个规矩，朝拜的人不能弄出一点声音，如果有人高声喧哗，即使是晴天，也会立刻电闪雷鸣、下起倾盆大雨，甚至降下冰雹，这就是雅拉雪山的灵气之所在。

　　导游员的言辞，不乏神化、戏说的色彩。但对于去往香格里拉藏地"空山净土"的游人来说，常常是一种有效的提醒。很多时候，人们的敬畏之心是需要不断提醒，甚至威慑才能建立起来的。有了敬畏之心，无论生活的旅行还是人生的旅程，都将增添一份和谐、一份美好。

夏日毛垭坝风光

稻城亚丁告诉你
Story of Daocheng Yading

第二部分
香格里拉之谣

一曲曲的歌、一首首的诗，都是纯净而充满力量的。这力量，大到能使坐拥厚誉之人"出世"，能使身居高位之人"入世"的地步。这力量，和它们源于香格里拉藏地有着不可分割，也不可妄测的关联……

一个是传说，一个是现实。扎西与卓玛，李依若与李英，这两个恋者的故事，发生在同一片土地之上，却有着截然不同的结局，真是令人唏嘘不止。或许，正是因了这传说与现实中互相对比的爱情故事，再加上溜溜调儿的传唱，才吸引了中外川流不息的男男女女，来到跑马山顶礼膜拜、寻求启迪。

香格里拉风光

06.伫立跑马山下

　　人，总不免会先入为主的。尤其，当我们面对的是一座只在歌中听到却未曾亲身感受的高原小城。康定，就不仅仅有一座爱情山——跑马山，还有一片爱情海——野人海。

　　这是一个极为安静的所在。在海拔3780多米的高原，一片海子钻石般镶在茂密深厚的森林、草甸之中，瞬间便消融了远道而

香格里拉风光

来的人们身上的团团浮躁之气。甘孜州副州长葛宁介绍，木格错景区由芳草坪、七色海、杜鹃峡、药池沸泉、野人海和红海、黑海等景点组成。雪峰、高原湖泊、原始森林、温泉、奇山异石及长达8公里的千瀑珠，构成了秀丽多彩的高原景观。木格错则有"小九寨"之称，长5000米、宽1500米，水深70余米，面积4平方公里，是川西北海拔2000米以上地区最大的高山湖泊。在木格错周围50平方公里的范围内，还有包括折多山在内的37座雪峰。

徜徉在木格错，目光所及，花是千姿百态的，草是嫩绿无边的，水是晶莹剔透的。这时，恰有一阵细雨随微风飘来，弥漫起一股淡淡的芳香，从感官到神经，醉了我们的身心。这时，只有人们的呼吸和相机快门的声响，反衬着摄人魂魄的静谧和安宁。有一刻，甚至让人觉得，我们的到来也是一种不该有的打扰。

最让人惊异的是，这里竟然有一片金色的沙滩。其沙细柔软，自然呈现金黄。如此金色沙滩非是海滨所见，却在川西高原地区的海子边涌入眼帘，乃属罕见。

"木格错，藏语之译音，意为无法逾越之海。汉语旧称野人海，也被誉为中国的爱情海。"导游员的介绍，将我们带进一个动人的传说——

很久很久以前，一位英俊剽悍、能骑善射的藏族小伙扎西和如花似玉、温柔善良的姑娘卓玛，为了躲避头人对他们的爱情的阻挠，逃出了家乡。他们历尽艰险，翻过一山又一山，逃至与世隔绝的跑马山。当森林、蓝天、白云、海子如梦境一样在眼前铺展时，他们停下了脚步，也从此挣脱了头人的束缚，在山与天的交接处，

康定木格错风光

丛林与花草的掩映中，开始了他们原始、幸福的生活。

　　他们日出而猎，日落而息，独享着仙境一般的木格错。某一日，幽蓝的湖水像镜子一样，将他们如"野人"一样的身影折射到了外界，于是，这片海子便被人们口口相传成了"野人海"。时光荏苒，到了近现代，野人海更是成了追求自由爱情的人们心目中的圣地——爱情海。

　　扎西和卓玛，秉持了什么样的信念，怀着何种的坚贞，才最终圆满了自己的期盼？或许，当初并非只是高原与丛山艰险阻隔了头人的追逐，而是这里的神秘和安详才真正庇佑了扎西和卓玛的纯真梦想吧。

　　告别爱情海，驱车驶向康定城东南的跑马山。很多慕名而来的游人，最初都会以为此山因跑马而得名，当地也有人借山下有"跑马坪"而附会此说。但葛宁解释："其实，最早跑马山并不是因为赛马而得名。"他说，"跑马山是'帕姆山'藏语之音译，全称'金刚亥母仙女山'，意即神女仙山，佛教朝圣之地。"

然而，和许多人的第一感觉一样，那天立于跑马山下，我们多少有些怅然若失。"跑马溜溜的山"，并非想象中绵延不绝，只是一座海拔3000米左右的山包。但肖峰介绍，跑马山系贡嘎山向北延伸的余脉，其山势奇异、风景秀丽。徜徉其间，就会体味到跑马山处处浪漫美景，仿佛天设地造的一座公园。主要景观有：五色海、咏雪楼、吉祥禅院、凌云白塔、跑马坪、浴佛池、飞云廊、东关亭、观音阁等。

置身爱情山下，就不能不说起"溜溜调"。当地文化系统的一位朋友，在他的长辈年幼时，听到的《康定情歌》是这样唱的：

跑马溜溜的山上，一朵溜溜的云呦；
端端溜溜的照在，朵洛大姐的门呦。
朵洛溜溜的大姐，人才溜溜的好呦；
会当溜溜的家来，会为溜溜的人呦。
……

他介绍，据当地有关人士历时10年考证，《康定情歌》的背后有一个真实的爱情故事。1929年，来自巴山民歌之乡——宣汉县马渡乡百丈村的李依若在成都岷江大学就读期间，爱上了来自康定的"李家大姐"李英。一次，李依若与李英结伴到康定跑马山玩耍时，用"溜溜调儿"即兴改编了一首《跑马歌》，唱给"李家溜溜的大姐"听：

跑马溜溜的山上，一朵溜溜的云呦；
端端溜溜的照在，李家大姐的门呦。
李家溜溜的大姐，人才溜溜的好呦；
会当溜溜的家来，会为溜溜的人呦。
……

但是，李依若和"李家大姐"的恋情并不顺利。当李依若带着

跑马山国际转山节

他心爱的人回到家乡，向父母征求完婚，却遭到父亲和族人的强烈
反对，甚至断掉了他继续读书的供给。家人反对的理由，一是二人
同宗同姓，二是此时李依若家里已经为他包办了一门婚事。无奈，
李依若最后忍痛与李英分手，空留了一曲《跑马歌》传唱至今。

　　"看来，李依若对李英并没有当年扎西对卓玛的执着。或者，
是他置身封建礼教的桎梏中，虽生长在传说中扎西、卓玛所拥有的
世外桃源之地，也没能挣脱。"这位文化单位的朋友的点评得到了

一些应和。我想，每一个听到这一故事的人，心中都不免会有一番慨叹。

他接着介绍，当初，李依若回到成都，在学校里哼唱而红的溜溜调儿中，"爱上溜溜的她"的是"李家溜溜的大哥"，而非后来的"张家溜溜的大哥"。他猜测，这应是李依若之后的加工、传唱者，为了音韵的起落有致而做的改编。不过，还有一说——李依若是个孝子，与李英分手后，按其母姓，将歌中的"李家大哥"改为了"张家大哥"。

一个是传说，一个是现实。扎西与卓玛，李依若与李英，这两个恋者的故事，发生在同一片土地之上，却有着截然不同的结局，真是令人唏嘘不已——现实与梦想之间，从来都有着一段难以逾越的距离，自古皆然。或许，正是因了这传说与现实中互相对比的爱情故事，再加上溜溜调儿的传唱，才吸引了中外川流不息的男男女女来到跑马山顶礼膜拜、寻求启迪。

"《康定情歌》不仅是中国十大民歌之一，"葛宁介绍，"20世纪70年代，还曾作为世界教科文组织推荐的世界十大民歌之一，随美国'发现者二号'升上太空，成为'天籁之音'。2005年，《康定情歌》又被收进我国'神六'航天员的电子手册里，在太空遨游了100多个小时……"

李昌平的《在高原》中，有着这样的论述：中国古人曾有"情动于中则发乎声，所以手之舞之、足之蹈之"的精神风光，然而中原人由于长期受儒家文化的浸染，显得中规中矩甚至缩手缩脚。而在藏区，能歌善舞是藏人的一种生活常态。比如康巴人，生来就有"会吃奶就会喝酒，会走路就会跳舞，会说话就会唱歌"的天性旷达。所以在康定这个仅有10余万人口的小城，无论早晚你都会看到数百居民集体跳起"锅庄"舞，随处可闻青年男女们那随情而起的歌声。

一方水土一方风情。只有在康定，才能产生打动全世界的《康定情歌》；也只有在康定，历来就是人生和文学主题的爱情，又史

无前例地成了助推旅游发展的一个关键词。

细细想来，爱情何曾不是旅游的主题之一呢？走到全国各地，我们几乎都可以看到"情人谷""爱情海"之类的景区。每到旅游季节，旅行社的宣传广告里爱情也是一个习以为常的热词。至于惬意于旅途的游人们当中，年轻恋人和银发伴侣都是当仁不让的主流。

我想，如果分析一下人们旅游动因的构成，情与爱该是其中谁也无法忽略的一大因素。而借寻找扎西与卓玛式的忠贞之旅，传达恋者内心相互珍爱、舍之无他的愿望和追求，在今天这个越发"宽容"的年代，是更应该得到尊重和褒扬的。

> 跑马溜溜的山上，一朵溜溜的云哟；
> 端端溜溜的照在，康定溜溜的城哟。
> ……
> 李家溜溜的大姐，人才溜溜的好呦；
> 张家溜溜的大哥，看上溜溜的她哟；
> 月亮…弯…弯…　看上溜溜的她哟。
> ……
> 世间溜溜的男子，任我溜溜地爱哟；
> 世间溜溜的女子，任你溜溜地求哟；
> 月亮…弯…弯…　任你溜溜地求哟。
> ……

中国大香格里拉东北之境，折多山下，有一座情歌之城。在古老、浓郁的藏地人文衬托下，它正以中国第一情歌故乡的浓烈风情，淳厚着远远近近的人们的情怀。

李娜用《青藏高原》嘹亮了听者的心境，自己却义无反顾遁入空门。仓央嘉措则"住在布达拉宫/我是持明仓央嘉措/住在山下拉萨/我是浪子唐桑旺布"。这超越了300年时空的"出世"与"入世"，伴随着他们笔下和口中的曲曲香格里拉之谣，给我们什么样的启发？

远眺布达拉宫

07.在那东山顶上

在那东山顶上，
升起白白的月亮；
年轻姑娘的面容，
浮现在我的心上；
啊依呀依呀拉呢。

如果不曾相见，
人们就不会相恋；
如果不曾相知，
怎会受这相思的熬煎。
......

很多人都听过由谭晶演唱的这首《在那东山顶上》，此曲是著名作曲家张千一继《青藏高原》之后的又一力作，被作曲家视为《青藏高原》的姊妹篇。这首歌的歌词，来自一首在藏地流传已久的情诗，作者便是六世达赖喇嘛仓央嘉措。

"我对西藏的眷念，就是从仓央嘉措的情诗开始的。"谭晶说，"当初演唱这首歌曲的时候还没有去过西藏。全凭对西藏的想象，对诗词的理解，来揣摩那种空灵的感觉。而每次唱完这首歌，心都特别静。"后来，谭晶到了香格里拉藏地进行MTV的实景拍摄，之后再演绎这首歌时就更显得从容。

仓央嘉措是西藏历史上生平迷离，又极具才华也最受争议的一辈达赖喇嘛，原名罗桑仁钦仓央嘉措，1683年3月1日生于西藏纳拉活域松（现西藏山南县）一个普通的农民家庭。彼时，五世达赖喇嘛罗桑嘉措已在仓央嘉措出生前的1682年2月15日圆寂于刚刚重建好的布达拉宫。此后，五世达赖的亲信弟子桑结嘉措，根据当时西藏政治的动荡局势，秘不发丧，隐瞒于僧侣大众和当时中央的康熙皇帝，时间长达15年之久。

1697年（藏历火兔年），仓央嘉措被桑结嘉措选定为五世达赖的"转世灵童"，此时仓央嘉措已14岁。是年9月自藏南迎到拉萨，途经浪卡子县时，以五世班禅罗桑益喜为师，剃发受沙弥戒，取法名罗桑仁钦仓央嘉措。同年10月25日，于拉萨布达拉宫举行坐床典礼，成为六世达赖喇嘛。

然而，仓央嘉措并不喜欢被人当神佛一样供养在布达拉宫里，他时而穿起俗人的衣服，化名唐桑旺布，进入拉萨八廓街或布达拉宫下的村庄找朋友玩耍，享受世俗生活的欢乐。一次微服夜出时，仓央嘉措在拉萨八廓街一处酒馆见到了一位来自理塘的"月亮般的姑娘——玛吉阿米"。于是仓央嘉措便经常微服夜出，与玛吉阿米相会。有一天下大雪，清早起来，铁棒喇嘛发现雪地上有人外出的脚印，便顺着脚印寻觅，最后脚印进入了仓央嘉措的寝宫。事情发生后，铁棒喇嘛用严刑处置了仓央嘉措的贴身喇嘛，又派人把玛吉阿米处死，随后采取严密措施阻止仓央嘉措外出。这段经历，在仓央嘉措的情诗中也有体现：

黄昏去会情人，
黎明大雪飞扬；
莫说瞒与不瞒，
脚印已留雪上。
……

玛吉阿米死后，悲痛欲绝的仓央嘉措便把佛深深埋进了心底，拿起笔写下了如下诗行：

曾虑多情损梵行，
入山又恐别倾城。
世间安得双全法，
不负如来不负卿。

用今天的话说，对世间多彩生活的追念、向往，令活佛仓央嘉措显得非常"另类"。在另一首诗中，仓央嘉措甚至直言不讳写道：

常想活佛面孔，
从不展现眼前。
没想情人容颜，
时时映在心中。

住在布达拉宫，
我是持明仓央嘉措；
住在山下拉萨，
我是浪子唐桑旺布。
……

1706年，作为西藏统治阶层争权夺利的牺牲品，23岁的仓央嘉措被康熙勒令押到北京废除达赖封号，但行至青海，不幸染病离世。正史的记载之外，关于仓央嘉措的去向和结局还有着各种各样的版本。其一，不愿入京受辱，行至青海湖畔，一笑入寂；其二，途中被押解清廷官员偷偷放掉，从此过上他一直向往的凡间生活；其三，被放后，周游康藏、甘、青及印度、尼泊尔、蒙古等地，继续弘扬佛法，后在阿拉善去世，终年64岁；其四，被康熙皇帝软禁于山西五台山，并在此圆寂。

有人说，仓央嘉措并不是一位成功的活佛，却是一位伟大的诗人。但国学大师南怀瑾的看法有所不同，在论及六世达赖的生平时，南怀瑾似乎评价更高，他这样写道："现代语称人为感情的动物，确甚恰当。忘情方为太上，足见性情之际，最难调服。善於用情者，其唯圣人乎！古人云：'不俗即仙骨，多情乃佛心。'此为大乘境界，非常人可知。"

诚哉斯言。300多年前，仓央嘉措的入世之举，虽属于一种"异于众者"的行为，但正像南怀瑾先生所言，又"岂可以俗见论其道力哉"？另外，值得指出的是，仓央嘉措被迎进布达拉宫之前，一直生活在藏南门隅地区，家中世代信奉的宁玛派（红教）佛教并不禁止僧徒娶妻生子。但被指认为达赖喇嘛，其所属格鲁派（黄教）佛教则严禁僧徒结婚成家、接近女性。

没有人能确切考证出仓央嘉措的最终去向。后来，人们在理塘寻找到六世达赖的"转世灵童"格桑嘉措即七世达赖，让人惊奇的是，一生并未到过理塘的仓央嘉措，似乎也在那首《仙鹤的翅膀》中对自己的转世地点作出了预言：

> 天空洁白的仙鹤，
> 请把双翅借给我；
> 不去遥远的地方，
> 到理塘转转就回。
> ……

理塘，号称"世界第一高城"，被誉为"雪域圣地，草原明珠"，是当今世界为数不多的位于海拔4000米以上的县城，平均海拔4133米。这里诞生过许多藏族名人，包括第七世达赖喇嘛格桑嘉措、第十世达赖喇嘛楚臣嘉措，第七、第八、第九、第十一世帕巴拉呼图克图，第五世嘉木样呼图克图，第一、第二、第三世香根活佛都出生在理塘。第十一世帕巴拉呼图克图，就是现任十一届全国政协副主席，中国佛教协会名誉会长，西藏自治区政协主席帕巴拉·格列郎杰。一个总人口不到5万的县城，出了这么多高僧大德

和知名人士，实属罕见。

关于仓央嘉措的情诗，近年来学界一直还有这样一种观点：不能把仓央嘉措的诗作完全看成"情诗"，有的情诗其实本是具有深刻宗教含义的诗作。比如：

第一最好不相见，
如此便可不相恋；
第二最好不相知，
如此便可不相思；
……

对常人来说，佛学不但艰深，且日常根本无法接触，仓央嘉措在这方面的造诣，远远不如其情诗为人所熟知也属常理。所以，后世的人们如果一味按着自己熟悉的方向去看待、理解六世达赖，是不是已经属于一种误读？

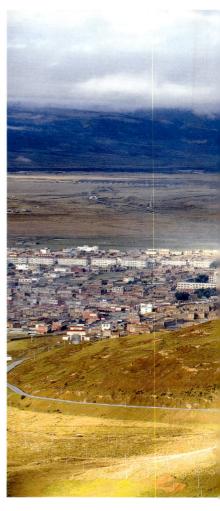

其实，1689年，6岁的仓央嘉措即在错那宗巴桑寺学经，当时有6名学问高深的僧人担任其经师。1695年，转到贡巴则寺继续学经。1697年坐床后，在第巴·桑结嘉措的严格监督下，仓央嘉措又开始新一轮学经生涯。闻习了许多经典，如《根本咒》《菩萨随许法》《秘诀》《供咒经》《续说》《生满戒》《菩提道广略教戒》等。1699年，惹江巴扎巴等数名格西（藏传佛教学位）担任其侍读。其间，他学习了《辩理初程》等因明学、诗学、历算佛学经典以及金刚舞。坐床3年内，他不分寒暑，孜孜不倦，先后将格鲁、萨迦、宁玛等各派经典、密咒、教义悉数掌握。著作方面，写有《无生缬利法》《黄金穗故事》《答南方人问马头观音法》等论著。

因一曲《在那东山顶上》，谭晶对香格里拉藏地产生了深深的

世界高城——理塘

眷恋。套用另一句人们耳熟能详的歌词句式，她所表达的是普通人都会有的一种"眷恋着你的眷恋"式的情感。

　　而另一位和藏地有着不解之缘的歌后，是谜一样的李娜。20世纪最后两年，事业如日中天的她突然"挥挥手，就遁入空门"，做了"释昌圣法师"。有报道说，李娜出家几年后，在美国洛杉矶的一座寺院中，姜昆邂逅了一身僧装的她。

姜昆问道："当初你为什么要出家？"

李娜淡淡地回答："我没有出家，是回家了！"

2005年11月，李娜推出了自《青藏高原》8年后的首张专辑《一声佛号》。封面上李娜的名字旁印着"昌圣"法师的字样，细细的几行小字，道出了专辑歌曲所表达的思想——她的佛曲，宛如携带着菩萨的慈悲和祝福，给人无限的宁静和喜悦……

今日歌者李娜，曾用一曲《青藏高原》辽阔了听者的心胸，自己则持着与仓央嘉措同样的决绝，义无反顾遁入空门。昔日诗者仓央嘉措，写下"住在布达拉宫/我是持明仓央嘉措"之后，却描述了"住在山下拉萨/我是浪子唐桑旺布"的事实。是截然相反的精神诉求，造就了他们相向而行的举动吗？这超越了300年时空的"出世"与"入世"之举，伴随着他们的曲曲香格里拉之谣，给我们什么样的启发？

我们能够肯定的只是，这一曲曲的歌、一首首的诗，都是纯净而充满力量的。这力量，大到了能使坐拥厚誉之人"出世"，能使身居高位之人"入世"的地步。这力量，和它们源于香格里拉藏地，有着不可分割也不可妄测的关联。

迷人的美人谷，古老的古碉、藏寨。漫步于丹巴，你仿佛能与那远古的女性王朝对话，能听见当年女国里阳光下的欢笑、硝烟里的呐喊。虽然，历史的欢颜抑或伤痛，在时光几千年的抚摸下早已模糊不清，但我分明感到，这片山河的气韵犹在，给眼前的现实平添了些美丽的内涵。

丹巴碉楼

08.过丹巴美人谷

　　如果说，高大、俊朗的康巴汉子是康藏大地上巍峨的雪山，那么，淳美、迷人的丹巴美人则是雪山顶上婀娜的云朵。

　　近年，经过"高原下最美的女中音"、藏族青年歌唱家降央卓玛的倾心演绎，"东女国""美人谷"这些早已让人充满遐想的概念，给神秘的香格里拉藏地更添了一份令人痴迷的诱惑——

　　伴着青藏高原的祥云五彩，
　　走过来一群古老的部落。
　　在横断山脉的幽深峡谷，
　　流淌出一条女性的河流。
　　哦~河流，
　　啊~东女国，
　　嘉莫查瓦绒是女王的山谷，
　　嘉莫恩曲是女王的银河，
　　嘉莫恩曲是女王的银河、银河。

　　从西王母到苏毗的历史，
　　造就青藏女儿的辉煌。
　　从丹巴到泸沽湖的走婚，
　　留下藏之名山的女儿国。
　　哦~女儿国，
　　啊~古碉和藏寨，
　　是那稀世的桃花源，
　　青青的高山下，
　　有迷人的美人谷、美人谷。
　　……

　　不一样的风情，不一样的韵味，这就是降央卓玛演唱的《东女国》。有专业评论家评价，因为出身藏地，独特而古老文化的滋养，降央卓玛的演唱与众不同——仿佛"发自生命底蕴的呼唤，辗转于历史的沉静与现实的喧嚣之中，在苍茫天地之间吟唱着……让你体验前所未有的感染力，回归心灵最原始的感动"。

　　藏语"嘉绒"是"嘉莫查瓦绒"的简写，"嘉莫"是指女王，"查瓦绒"是指河谷，合起来表示"女王的河谷"，后人简称"嘉绒"。大渡河过去叫"嘉莫恩曲"，汉语的意思就是"女王河——女王的汗水和泪水汇成的河"。

　　汗水可以理解，为什么会有泪水？史载，1000多年前，东女国处在唐朝和吐蕃这两大向外扩张的王朝之间，它们都想把东女国纳入自己的势力范围，美丽的女王应酬于两大王朝之间，时而"降唐"，时而"附吐"，于是历史上称东女国为"两面羌"。为了女儿国，她曾流下汗水，也曾淌下泪水……

　　丹巴，位于四川省西部、甘孜藏族自治州东部，东与阿坝藏族羌族自治州小金县接壤，南和东南与康定县交界，西与道孚县毗邻，北和东北与阿坝藏族羌族自治州金川县相连。近年，丹巴以中国西部新兴旅游胜地的姿态，大量出现在各种旅游推荐活动、宣传资料中。

　　2005年，在《中国国家地理》杂志主办的"中国选美"活动中，丹巴位列"中国最美的六大乡村古镇"之首。其后，随着西部大开发和旅游业的迅猛发展，这个曾经藏在深闺、名不见经传的高山峡谷小城，更是获得了多项耀眼的桂冠："中国最美丽的乡村""中国历史文化名村""中国景观村落"……"东女国故都""大渡河畔第一城""天然地学博物馆""千碉之国"等旅游形象品牌已成为丹巴的代名词。

在丹巴，无论你走到哪里，都有可能遇上身着民族服装的漂亮女孩，遇上节庆更甚。在甘孜州旅游局提供的宣传资料中，有这样的介绍和描述：

"深厚的文化积淀，秀丽的山水，养育了丹巴一代又一代玉雕佳丽，因此丹巴又称'美人谷'。隋唐'东女国'的遗风流韵，明清宫廷服饰的浓妆素裹，嘉绒藏族传统歌舞的锦上添花，使丹巴姑娘与众不同。"

"她们不怕风吹，不惧日晒，艰苦的体力劳动之余，稍加梳洗，便气韵毕现，曲线天成。天生的冰肌玉肤似乎永远含烟凝碧；瘦长而丰腴的体态似乎永远婉转有致，劳动的艰辛没有使其粗糙、变形，反而更增加了她们身上健美的要素……"

"在外形上，她们身高多在1.7米左右，挺拔而不失纤细，她们脸形圆润，五官协调，且'美在那直而挺的鼻梁'，许多人还有浅浅的酒窝；在性格上，丹巴女子说话时会看着你的眼睛，柔声细语而又热情开朗。"

一位在甘孜工作多年的同行者介绍，在丹巴，总人口只有6.1万，但却有超过3000名靓丽女子在成都乃至京城从事歌舞演艺事业。"

他介绍，丹巴至今依旧保留着许多女国文化遗风。比如，以女性为中心的婚姻形式和家庭组成、女子服饰传承的古典"尚青"、女国时期古碉建筑，以及作为女性生殖崇拜象征的碉房楼顶的"煨桑"塔……直到今天，每年5月，人们都会在古碉下，为年满17岁的女孩举行盛大隆重的成人礼，全寨男女老幼献上哈达，载歌载舞。而男孩是没有这种待遇的。

神秘的东女国，为什么一直隐在遥远的青藏高原横断山脉深

丹巴秋色

谷？历史上的东女国位置究竟在哪里？神秘的东女国文化又是如何保留到了今日？

被誉为"开康藏研究之先河"的我国近代藏学研究先驱者之一的任乃强先生认为，东女国的核心地带应在西藏昌都一带。然而，继承了父业的四川省学术技术带头人、四川省社科院康藏学科首席专家、四川省康藏研究中心秘书长任新建先生经过大量实地考察，认为东女国的故都应在今丹巴—道孚一带。

任新建认为，今川西嘉绒地区就是隋唐时代的东女国故地。丹巴地处东女国的中心，而且具有明显的东女国文化传承。比如，这里最大的特点是重女轻男，一般家庭中也是以女性为主导，不存在夫妻关系，家庭中以母亲为尊，掌管家庭财产的分配，主导一切家

康巴美女

中事务。这和当初"东女国"国王和官吏都是女人，男人不能在朝廷做官，只能在外面服兵役的记载完全相符。

为什么东女国的习俗能够保留到今天呢？任新建分析，这是适应当地生产环境的需要——高山峡谷之中，生产条件差，土地、物产稀少，如果实行一夫一妻制，儿子娶妻结婚后要分家，重新建立一个小家庭，以当地的经济能力根本无法承受，生产资料分配不过来。而且地处封闭的深山峡谷，和外界交流几乎隔绝，不容易受到其他文化的影响。北京师范大学文学院民俗学专家万建忠教授也认为，在这种生产能力比较落后、相对封闭的地方，劳动强度不大，居民自给自足，男性的优势得不到充分的显示，女性掌握着经济大权和话语权。另外还有一种深层的社会心理因素，保持母系氏族制度，表明了人们对过去的社会形态和社会结构的一种追念。

历史，仿佛云雾笼罩着的雪山，时而清晰时而朦胧，最后的"真相"还是留给专家们去深究。于普通到访者而言，除了"迷人的美人谷"外，丹巴的魅力还有歌中所唱的那样"古碉和藏寨，是那稀世的桃花源"。而它们此刻就鲜活地摆在我们眼前。

——古碉。丹巴县称为"千碉之国"。世代居住在这里的东女国后裔，根据自己的生活方式和自然条件，创造了独特风格的碉楼。那些古碉，高的有十余层楼高，矮的也有三四层楼高。最常见的是四角碉，也有五角碉、六角碉、八角碉、十二角碉，甚至还有罕见的十三角碉。从功能分类看，大致可以分为家碉和寨碉两类。碉内通常分为五至十一层，多则达十四层，也有极少数有几十层，但没有十三层（当地人认为十三层这一数字不吉祥）。碉内各层用圆木作梁，梁两端平置碉体墙体内，梁上密铺树棍和树枝，然后填泥土夯实，最后铺木板作为上层的地面，各层之间用木梯上下。碉体每层的木梁从内部支撑着碉体不向内坍倾并将碉身连接成为整体，碉外墙的棱角形成外墙的支撑柱，这种高度坚固的石建技术堪称我国建筑史上的一绝。

早在《后汉书·南蛮西夷列传》中就记载先民"众皆依山居止，累石为室，高十丈，为邛笼"。"邛笼"即石碉。可见石碉建筑已有2000多年的历史了。20世纪40年代，著名学者马长寿先生在考察井冈山五次围剿的碉堡时指出："中国之碉源出四川"，这就是嘉绒藏族对丰富战争艺术的杰出贡献。同一年代，任乃强先生到丹巴考察古碉后，在他的史学名著《西康图经》中这样描述梭坡古碉："在一山弯的斜坡上，依山临江，外人不易至。隔江望去，有数十高碉参天，恰似上海浦东工厂烟囱林，为一大奇观。"

——藏寨。丹巴的山寨，旧称碉楼寨房。碉楼和寨房，原本是两类不同性质、不同风格的建筑，在时光的流逝中，二者已有机地结合在一起。外形上，既有寨房的特征，又有碉楼的形态。碉楼寨房一般为三层，也有四层的，一侧还配有厢房。但不论房屋和厢房如何建造，顶层外缘都环围着黄、黑、白三种色带，形成了嘉绒藏寨的一大特色。

丹巴山寨是嘉绒藏寨中最具特色的，尤以甲居、聂呷、革什扎和巴底乡最为突出。丹巴藏寨皆依山就势、错落有致地融入自然环境中，体现了天人合一的理念。远远看去，充满灵气的山谷中，翡翠般的青草绿树间，是那沉甸甸的田地和隐在密林深处的寨房，伴着时有时无的潺潺溪流，一幅富有动感的绝妙山寨画卷随之展现在

丹巴藏寨

你的眼前。寨房的底屋均为家畜圈，其上依次为锅庄室、储藏室、居室、经堂及角楼（家碉），其中二、三楼分别有天井和露天大阳台。房体的外墙多以白色、褐色与黑色圈涂成条纹，并绘以日、月、星辰和宗教图案，显示出美丽而整洁的外观。房外所立的经幡以及房顶随风飘动的嘛呢旗，更为这些恬静如诗的乡土民居增添了许多神秘的色彩。

迷人的美人谷，古老的古碉、藏寨。漫步于丹巴，你仿佛能与那远古的女性王朝对话，能听见当年女国里阳光下的欢笑、硝烟里的呐喊。虽然，历史的欢颜抑或伤痛，在时光几千年的抚摸下早已模糊不清，但我分明感到，这片山河的气韵犹在，给眼前的现实平添了些美丽的内涵。

一睹康巴汉子的真容，几乎是所有进入康藏地区的外地游人们的共同愿望。或许，在现代社会种种压抑下扭曲了个性的人们，都需要从康巴汉子身上汲取某种精神力量，激发起"世界就在手上"的豪情，展开曾经拥有的梦想，让心灵再次自由自在地翱翔。

康巴汉子

09.寻找康巴汉子

　　从新都桥一路西行，翻过海拔4412米的高尔寺山，就到了雅江县。雅江，藏语名"雅曲喀"，即"雅曲（雅砻江）河口"之意，其得名自雅砻江。雅砻江是长江上游金沙江的支流，发源于青海省巴颜喀拉山南麓，流入四川省西北部，甘孜以下始称雅砻。

彪悍的康巴汉子

　　到川西高原追寻香格里拉之梦的人们，鲜有不到雅江一游的。除了在他处都能目睹的雪山草原外，这里还有着享誉中外的藏地雄性符号——康巴汉子。

　　康巴人，是指生活在藏东地区及其他使用康区方言的藏族人，康巴汉子是其骄傲的灵魂和象征之一。他们天性自由，喜爱流浪，被人称为藏区的"吉卜赛人"。长年的游牧生活使他们拥有着野性不羁的奔放气质，游牧民族豪放的天性在他们身上有着充分的体现。一首著名的康巴歌谣这样唱道：

　　　　我骑在马上无忧无虑，
　　　　宝座上的头人可曾享受；
　　　　我飘泊无定浪迹天涯，
　　　　蓝天下大地便是我家。

　　关于康巴汉子的风采，近年来大量见诸报刊、电视以及网络。最具代表性的描述应为"康巴汉子，人类在雪域高原竖起的一面雄性的旗帜"。藏族歌手亚东在一首同名歌曲中这样描摹着自己，以及他家乡的同族伙伴：

　　　　我心中的康巴汉子哟，
　　　　额上写满祖先的故事，
　　　　云彩托起欢笑，
　　　　胸膛是野性和爱的草原，
　　　　任随女人和朋友自由飞翔，
　　　　血管里响着马蹄的声音，

眼里是圣洁的太阳，
当青稞酒在心里歌唱的时候，
世界就在手上。
……

一睹康巴汉子的真容，几乎是所有进入康藏地区的外地游人们的共同愿望。或许，在现代社会种种压抑下扭曲了个性的人们，都需要从康巴汉子身上汲取某种精神力量，激发起"世界就在手上"的豪情，展开曾经拥有的梦想，让心灵再次自由自在地翱翔。

那么，康巴汉子到底有什么具体特征？综合在甘孜工作过多年的李昌平、现仍在甘孜工作的葛宁等朋友的描述：

他们，头打英雄结，盘头结辫，披金挂银，脸膛紫红，五官轮廓鲜明有雕塑之美，常戴一顶美国西部牛仔式的毡帽，镶玉的各式腰刀横挎或者斜插着，两眼如电，英气逼人；

他们，个头多在一米八以上，配上华贵的藏袍藏靴和祖传的首饰，走在路上，像一座多彩又威武的峰峦一样移过来，气势稳重，不苟言笑，阳刚十足；

他们，在草原上纵情驰骋，在雪峰间矫健攀登，在密林中健步如飞，在帐篷前训练藏獒，是中国最正宗的西部牛仔，有着昔日战场上才能见证的忠诚与坚强；

他们，恩怨分明，外表冷峻，内心滚烫，对朋友永远依依不舍，甚至眼中闪着泪光，对敌人永远铁血无情，甚至突然就亮出闪着寒光的腰刀；

他们，转经念佛，虔诚无比，千里朝圣路上，全身匍匐，步步长头，五体投地，内心和谐而自然；
……

康巴汉子，如此伟岸体魄、如此风流倜傥、如此纯净善良的他们，有如矗立于雪山上、峡谷间的香巴拉之白杨，又像是中国西部高原挺起的脊梁。报载，2003年，在川、滇、藏三省区共同举办的康巴艺术节上，来自甘孜州雅江县西俄洛一带的康巴汉子们以其剽悍、威猛和与生俱来的野性征服了世人。就在这个盛会上，雅江县西俄洛村被甘孜州人民政府命名为"康巴汉子村"，随后在国家商标局进行了注册。

"康巴汉子村"，在雅江县城西南约60公里处，是一个非常阳刚的地方，一进村你会感觉到一股古老的气势。高大的民居旁、小路上，男人都是一米八以上的身高，个个虎背熊腰，雄姿英发，面红虬须，头饰别具一格。据说，仅村里呷哇家族就有30多条彪形大汉。

面对神秘的康巴汉子，总有个问题挥之不去：他们的远祖究竟来自何处？对此，无论严谨的藏学家还是民间的热衷者都进行了大量考证或推测：

一说：蒙古武士血缘。当年忽必烈征大理时，来去都路过

节日活动

雅江县西俄洛一带，看到这里水草丰茂，便把一支队伍留在了这里，今天在离西俄洛不远的柯拉有一座寺庙，寺名"索罗贡巴"，是"蒙古人的寺庙"的意思，而且寺庙附近一座神山的名字竟然是颇具蒙古语特色的"巴彦巴图"，同时，这里人的发型、穿着还保持着蒙古人的习俗。如此看，康巴汉子有着蒙古武士的血缘，也许不无道理。

二说：拉隆·白季多吉后裔。据《西藏王臣记》记载，公元9世纪，朗达玛灭佛，造成整个雪域高原灾害遍地，民不聊生。性烈如火、英勇果断的康巴僧人拉隆·白季多吉拍案而起，决心为民除害。杀死朗达玛后，拉隆·白季多吉来到康区，召集康巴精英壮汉修缮寺庙，"重建布达拉宫"以兴佛法。据此，不少人认为康巴汉子就是这些精英壮汉的后裔。

三说：姜·萨当杰布后裔。史载，明万历年间（1573～1619）云南木氏土司姜·萨当杰布武力征服了康南，使境内雅砻江以西之地尽属丽江土知府。有考证说，现在西俄洛的降萨家族就是萨当杰布的后裔，证据之一，就包括这里有许多与当地建筑材料和风格迥然不同的古建筑群，一层是土墙结构，二楼全用石头砌成，而这种风格竟与云南木氏部落的建筑风格完全相同。

四说：自然和人文环境的造就。自然上，康巴藏区山高水深，出门不是跋山就是涉水。历史上，这里连年战火，硝烟不断。于是，久而久之，造就了康巴人体相的高大、心理的韧强。

康巴汉子的体格、面相，以及性格、气质的禀赋，给他们带来了一波又一波关注，人们都想知道，他们"额上写满"的"祖先的故事"里，到底有着哪些跌宕起伏的情节。但是，多年来人类学家、历史学家所作出的种种判断，却皆因论据不凿而难以得到更为普遍的认可。

除上述几种说法外，还有人提出，康巴汉子是欧洲雅利安人的后裔、马其顿远征军的孑遗等。与此同时，一些流传于坊间的说法也吸引着人们的关注。比如，希特勒当年对其身边科学家的说法深信不疑，认为雅利安人和康巴藏人结合，可升级人种，所以派西姆莱组队到藏区科考，进行优生遗传研究。甚至，还为此精心优选了一批健康的德国姑娘伺机"借种"。直到眼下，在一些场合人们还能听到一些诸如欧洲女人假借旅游，到香格里拉藏地寻找"野性和爱的草原"——康巴汉子胸膛的"传说"。

2004年，中国藏学研究中心研究员、副总干事格勒在《略论康巴人和康巴文化》一文中也有这样的记载："……据说还有太平洋彼岸的洋人姑娘，千里迢迢来到康区，嫁给了康巴人，可见康巴人很有吸引力。"

作为一名藏学者，格勒是支持自然和人文环境造就了康巴汉子一说的。另外，对于康巴汉子的魅力，他的分析也给人带来启发。他认为，"康巴人的吸引力并不仅仅是体质，更重要的是文化内涵或者叫文化精神，这就是乐观、奔放、大度、坚韧、豪爽、博爱、勇敢等"。他还引用任新建先生的话说：康巴汉子身上，"具有催人奋发、积极向上的文化意蕴"。

所言极是。文化内涵，总是比外表的体貌更有持久的吸引力。据说，近年很多旅游者都会在雅江以及康巴汉子村住下来，目的就是借深入康巴人的生活，体会格勒所言的那种文化内涵和精神。他们说，如果有幸能和康巴汉子相处成为可以交心的朋友，你才会理解，生命不再是被动的、无奈的选择；才会发现他们勇敢、粗犷、豪放的性格里，蕴含着一种少见的乐观和执着。那就是不管环境如何恶劣，生活怎么艰辛，他们始终昂着头坚信："明天，太阳照常升起。"

旅游是文化的翅膀，文化是旅游的灵魂——这是多年来在文化学术界、旅游行业管理及学术界达成的高度共识。文化可以借旅游发扬光大，旅游可以借文化加深魅力。秉承着这一理念，再反观康巴汉子，他们不就是集中了这"翅膀"和"灵魂"的最佳群体吗？

在《略论康巴人和康巴文化》一文的最后，格勒关注到了越来越热的旅游业，他说："今天，藏、川、滇藏区正在热烈地讨论着

各自的旅游文化品牌，试图利用这些文化品牌吸引八方旅客，我认为藏族的康巴文化是最具有魅力的旅游文化品牌之一。"

无独有偶，任新建先生更是在几十年如一日研究藏文化的同时，用自己的研究成果为藏区打造文化旅游品牌提供了直接的指导，给自己的同胞找到了一把"致富的金钥匙"。十几年前他就提出，甘孜、雅江应将"康巴汉子"作为旅游品牌之一来打造，同时建议注册品牌。他说，"必须迅速提高这块宝地的知名度，形成大香格里拉旅游特色线，以大旅游造福全区，让藏族同胞大踏步奔向小康"。

从康巴汉子的风采说到两位藏学家对旅游发展的"旁骛"，其实并没有扯远。在我们这些香格里拉藏地的初次到访者、中国大香格里拉区域旅游业发展的关注者看来，热心而执着的他们，也是我们心目中的康巴汉子。

雅砻江畔，一首叫作"康巴汉子"的香格里拉之谣，不仅吸引了我们探寻的目光，也激发了学人们一份烫人的心怀。

或许，只有当你伫立于滔滔的雅砻江边、盘桓于扎坝大大小小的碉房之间，那种古今观照的意境才能给今人更多的启发——不同的土壤，不同的时代，才能孕育不同的文化生态。而不同文化生态的自然存在和生长，才是人类文化大花园之所以姹紫嫣红、不断繁茂的根基所在。

丹巴甲居藏寨

10.走婚故乡扎坝

　　进入雅江，你便走近了不可思议的雅砻江走婚大峡谷。"百里不同俗"的特色在这里尤其鲜明。在雅江以北不足百公里的扎坝，至今仍保留着与泸沽湖畔的摩梭人大略相同，又更加原始、神秘的走婚风俗。

　　与同属雅砻江流域的泸沽湖摩梭人一样，扎坝人成年后，就可以自由选择走婚对象，白天在各自母亲家里干活，晚上，男子到女方家中过夜。为一夜情谊，他们往往要翻山越岭，但天还未亮时，他们总是又义无反顾地踏上归途。他们各自住在自己的母亲家，与兄弟姐妹和姐妹的孩子生活在一起，在以舅舅的身份承担起父亲的义务和责任的同时，终身享受大家庭的亲情和关爱。

　　扎坝人的走婚，与摩梭人最大的不同在于"惊险"，是一种飞檐走壁式的浪漫爱情。通过男女集会，扎坝青年男子如果看上了某位女子，就从她身上抢来一样东西，比如手帕、坠子等，若女方不要回信物就表示有意，到了晚上，女子会在窗户边点上一盏酥油灯，等待情郎来"爬房子"。

　　扎坝人的住房皆是用片石砌成的碉楼，有十多米高，墙体笔直平整。小伙子必须手脚并用，甚至要将藏刀插在石缝中借力，才能爬上碉楼。此外，房间的窗户都非常小，中间还竖着一根横梁，小伙子就算爬上了碉楼也要侧着身子才能钻进去，像表演杂技一样，这个过程要求体力好，身体灵活，这其实也是一个优胜劣汰的选择。如果攀爬的技术不过硬没能爬上房顶，也只能望墙兴叹了。第一次"爬房子"成功后，小伙子便取得了女方及其家庭认可，从此可从大门进出。如果一个男子第一次到女方家就从大门进入，则会被女方及其家人瞧不起而被赶走。

2004年9月14日，中央电视台西部频道旅游黄金线栏目播出了一档叫作《巧遇扎坝》的节目。节目中，一位会说汉语的当地老师和记者进行了如下对话：

记者：走婚是怎么回事啊？咱们这边的走婚和云南泸沽

雅江走婚

湖那边的走婚是不是一样的？

　　老师：不是一样的。

　　记者：那你也是按照当地的风俗走婚吧？你结婚了没有？

　　老师：结婚了。

　　记者：那你结婚是不是也从走婚开始的？

　　老师：对，我和她从小就在一起。

　　……

　　老师：你看见了吗？那就是扎坝当地的碉楼。

　　记者：你能爬得上去吗？那它里面一定是有楼梯了。

　　老师：里面当然有楼梯了。

　　记者：可你是在走婚啊！

　　老师：走婚就得爬墙，就那垂直的墙壁。

　　记者：就这么垂直爬上去，你爬得上去吗？当年就是这么爬上去的？

　　老师：我当年就是用两把匕首插在石缝里，就这么上去，我的呷依就在上面接我了，就从窗户进去了。

　　……

　　记者：是不是一边爬一边要喊呷依？

　　老师：不喊，悄悄地爬，别惊动她的家人。

　　……

　　节目里，几个扎坝小伙子还实地演示了"爬房子"的过程——当女主持人临时找来一位游客姑娘客串，跑到楼上在窗口中露出一个笑脸，马上有几个体格强壮、动作敏捷的小伙子顺着石头墙缝爬到了二楼，从只有肩膀宽的窗户里倒栽葱似地翻入"姑娘"的房间……

　　和摩梭人走婚的"规矩"相仿，扎坝人的走婚也并非常人想象的那么随意。比如近亲不能走婚，否则会遭到族人惩罚。另外，对于扎坝男子来说，一生中的"呷依"基本是固定的，他们实行走婚但不乱婚。如果遇到双方感情不和或因其他原因造成走婚关系不能维持，则以男子不再爬房子或女方拒不开窗而宣告解除，不存在财产纠纷和怨言、嫉恨。

在扎坝，除了走婚外，也有通过严格的婚姻程序而组成家庭的对偶婚姻，主要存在于独子或独女的家庭中。在这种婚姻中，有一个环节是十分重要而又独特的。那就是在婚礼的第二天，新郎和新娘家族主要成员须共同签订一个契约，以确保儿媳（或上门女婿）在新的家庭中所享有的权利和应尽的义务。其内容大致有：儿媳（或女婿）享有与其他家庭成员平等的生活权和财产权，任何家庭成员均不得歧视和虐待；儿媳或女婿要孝敬老人，关心家人等。契约内容讨论好后便写成书面文字，成为日后调整家庭成员关系的重要"法律"依据。

扎坝，藏语意为悬崖中形成的沟壑，位于雅砻江支流鲜水河下游两岸狭长的河谷地带。扎坝人的居住地主要分布于现雅江县的瓦多、木绒、普巴绒，道孚县的亚卓、扎拖、红顶等地，总人口不足15000人。

关于扎坝人的历史渊源，英国人沃尔芬顿在《西夏文西藏译音说》中记载："扎坝人就是早已消失的西夏王朝后裔。独特的地理位置造就了他们特有的生活习俗。"《新唐书·东女国传》也有载："（东女国）东与茂州党项接，东南与雅州接，界隔罗女蛮及白狼夷，其境东西九日行，南北20日行……其王所居康延川，中有弱水，用牛皮船以渡。"

但任新建等藏学家却认为，雅江扎坝应该是古东女国辖地。他在扎坝调查时发现，绝大多数扎坝人的家庭都是以母系血缘为主线而构成，基本上没有夫妻，三世或四世同堂的情况居多。在这些家庭中，母亲是家庭的核心人物，是绝对的权威，是子女的养育者，也是家庭劳动的主要承担者。男性是家中的舅舅，地位最高的老母亲主宰家中的一切。"很明显这是母系社会的遗留，虽然经过现代社会的冲击，和原始母系社会不完全一样，但保留了一些基本特点。任新建说："说扎坝人是西夏王朝的后代，显然站不住脚，西

藏式桥

夏根本就不是母系社会。"

"走婚大峡谷"处于专家们认为的横断山脉"母系文化带"。这里属于典型的高山峡谷地形，地势高峻，山岭连绵，峡谷深幽，道路修通以前很多地方人力难以通行。据说，2004年以前这里还没有通电。天然的地理环境，是扎坝长期与世隔绝，外来文化无从"侵入"的重要因素，也是走婚习俗得以遗存至今的主因。

然而，耐人寻味的事情却在我们眼前发生着。近年，部分城市的青年人中悄然兴起了一个"都市走婚族"现象，甚至在中老年人里也出现了所谓的"银发走婚族"。

　　报载：一个关于"走婚"的调查显示，在近万名26岁至35岁的被调查者中，认为"会尝试"的占50.7%，"坚决不会"的人仅占29.44%。该报道还说，有相当比例的都市年轻人都曾将下边这首《走婚夜歌》设置为手机彩铃：

　　女：阿嘟喂，阿嘟喂。
　　　　鸟儿扇着翅膀，顺着山梁飞走了。
　　　　阿嘟我在等你来。
　　　　等得心儿跳起来。
　　男：哎，阿嘟喂。
　　　　月亮升起来了，快把火塘烧起来。
　　　　阿嘟你要等我来。
　　　　我没来呀门莫开。
　　女：阿嘟喂，阿嘟喂。
　　　　鸟儿顺着山梁，飞走还能飞回来。
　　　　阿嘟我在等你来。
　　　　等得眼泪掉下来。
　　男：阿嘟喂，阿嘟喂。
　　　　长脚蚊子咬我，快把门打开。
　　　　是我来啦。
　　　　快把门打开。
　　女：阿嘟喂，阿嘟喂。
　　　　阿日已经睡了，阿妈还没睡。
　　　　莫要急嘛。
　　　　你再等下噻。
　　男：阿嘟喂，阿嘟喂。
　　　　你家黑狗咬我，快把门打开。
　　　　是我来啦。
　　　　快把门打开。
　　女：阿嘟喂，阿嘟喂。
　　　　火塘已经熄了，火炭还没灭。
　　　　莫要走嘛。

你再等下嗟。

合：阿嘟喂，阿嘟喂。

……

这种流行，是古老习俗的回潮，还是远古婚俗制度魅力投射于今日时代的崭新镜像？

对此，社会学家李银河表示，"走婚"是城市婚姻中的一种特殊现象，是现实生活中探索出来的一种婚姻方式，它与现代人追求独立的个性有密切关系。著名藏族学者邓廷良先生更断言："走婚是人类婚姻的未来。"他认为，这样的婚姻形式完全以两情相悦为基础，不受权力、金钱等其他因素影响，这样婚姻制度下的爱情更纯粹，更符合人类崇尚自由的天性。

但也有专家指出，现代人"走婚"，虽有着"相见不如怀念""距离产生美"等"爱情保鲜"的目的，但背后也有不愿承担责任、不用"埋单"的心理因素。所以，"都市走婚族"在本质上有别于泸沽湖、扎坝等地基于母系文化基础的古老习俗。由此我想，如果现代人的"旅行"，仅仅着眼于从功利角度汲取所到之处的精神"营养"，那么可能会离"出发"时的初衷越来越远。

与"现代都市走婚族"现象带来的莫衷一是相比，更让人不得不关注的问题，是扎坝人的走婚还能"坚持"多久？

任新建先生曾经深入扎坝进行过大量考察。他发现，实行计划生育后，古老的走婚习俗有所改变。主要是因为，如果女方有了孩子，就必须领结婚证结婚。根据这里的民族政策，允许一对夫妇生三胎。如果没有结婚证生了孩子或超生，就要罚款。当地人也说，"因为怕罚款，所以现在走婚没那么多"。另外，随着外来文化的影响，新一代的年轻人观念也有所改变。

看来，即使在扎坝，走婚的消亡也是可以预见的。喜耶？悲耶？有关的争论，比我们想象的要多。

古老、神秘的扎坝，给越来越多的人们带来了深深的触动和思考。雅江旅游局的同事说，近年他们举行的"木雅文化风情节"吸引了越来越多的游客。我想，除了欣赏这里美妙的自然风光外，这里别具特色的生活习俗更是游客们的关注焦点。当地一位管理干部就不止一次收到过一些游客的建议——和自然生态需要得到保护一样，这里的文化生态也应该得到某种方式的保护。任新建在一次采访中提出："要使传统文化得以保留，就目前情况看，只有靠发展旅游。"他分析说："尽管从历史上看来，越是开放，越是交流，古老文化消失得越快。但是现代，旅游业反而促进了传统文化的保护。"

或许，只有当你伫立于滔滔的雅砻江边、盘桓于扎坝大大小小的碉房之间，那种古今观照的意境才能给今人更多的启发——不同的土壤，不同的时代，才能孕育不同的文化生态。而不同文化生态的自然存在和生长，正是人类文化大花园之所以姹紫嫣红、不断繁茂的根基所在。

燕子沟

稻城亚丁告诉你

Story of Daocheng Yading

第三部分

香格里拉之思

不去"远处"，是不可能在心里找到香巴拉的。于现代都市里的芸芸众生，尤其是生存于巨大责任、深深苦痛中的凡人来说，不入香巴拉之境，又何从接受那雪山的忠告，那净水的安慰，那空谷的启迪呢？要找寻心中的香巴拉，还是背上行囊上路吧！

和称为"地球上独一无二神奇乐园"的美国黄石公园相比，红石公园所拥有的自然、人文内涵不但毫不逊色，甚至更具独特性、唯一性。"国家红石公园"的概念也在不断的探讨中，从虚到实，由远及近，生动地展现在每个人的脑海，从此成了我们心中一种深切的"红石公园之盼"。

燕子沟红石公园

11.红石公园之盼

行走于千山万水的朋友，目睹过丹霞地貌的应该不在少数，那是以我国广东境内的世界自然遗产丹霞山为代表又以其名命之的一种红层地貌类型。

但是，曾经惊诧于那"赤壁丹崖""玫瑰色云彩"或者"深红色霞光"的人们，却不一定亲眼见过四川甘孜燕子沟里那大片大片的"红石滩"。红石滩太年轻，与形成于"中生代侏罗纪至新生代第三纪"的"红色岩系"相比，它还只是个婴儿，"最近"才"呱呱落地"，"红石滩"也只是它的乳名。

2008年10月18日，中国新闻社发布了这样一则短新闻：

"中新社甘孜磨西电（肖青 霍潇） 面积达200万平方米的罕见红石滩近日现身四川藏区燕子沟。据专家称，如此大规模的由地衣类植被附着而形成的红石滩非常罕见，堪称世界奇观。"

该新闻还配发了一幅游客在红石滩上游玩的图片，说明词与短讯大致相同：

"四川省甘孜藏族自治州大海螺沟地区内的燕子沟景区近日发现长约40公里的红石滩。据专家考证，该红石滩系因一种藻类植物依附于岩石表面形成，这种大面积、具有生命力的红石极其罕见，堪称世界上最大的红石滩群。"

我听说"红石滩"，早于这条新闻发布一些时日，消息来自甘孜当地旅游系统的一些朋友。但能亲眼所见这"正在生长"着的奇观，却是在此次从康定赴雅江的半途。

没有一点心理准备，它们就不期而至，突然出现在我们的视野，就像一篇平平和和、娓娓道来的散文中忽然"闯出"的诗行，一下子就以其不同凡响的奇崛情感、振聋发聩的呼号，震撼了读者

海螺沟雅加埂红石公园

的心灵——路边的沟壑里，青山白水间，大片大片的"嫣红"弥漫着，从眼底一路蜿蜒而上，一直伸至遥远的雪山半腰，在洁白的冰雪间展露着别样的灿烂。

"这是近年才有的一个现象，"随行的朋友介绍，"最早也就是五六年前，人们先是发现沟里有些石头变红，随后逐渐布满了燕子沟的河床。现在，红石的范围还在继续扩大，成了一道奇异的景观。"

中新社新闻里"地衣类植被附着而形成"的解释，似乎并不解渴。伫立于块块红石边，有人深思，有人发问：到底是什么原因形成的？为什么只是近年才出现？是不是周围的气候、环境上什么巨大的改变导致？专家们都怎么说？

"在为甘孜忽然增添了一份奇景而兴奋的同时，我们也在邀请专家进行分析，"在甘孜州分管旅游的副州长葛宁说，"初步的结论，不是最初以为的石块含铁量较多，而是一种藻类，因为近水，才在裸露的石块上附着。它们是有生命的，目前还在生长，又只适合这里的环境，有的游客曾经带走，但回家不几天，红藻就消失，石头也会慢慢变黑……"

伫立于红石滩，不由不想起丹霞山，进而让人在两者之间做些联想。

1938年，构造地质学家陈国达首次把红色岩层上发育的地貌称为"丹霞地形"；1977年，地貌学家曾昭璇第一次把"丹霞地貌"按地貌学术语来使用；1982年，素有"丹霞痴"之名的地理学家李见贤发表了国内第一篇论述丹霞地貌的论文——《丹霞地貌坡面发育的一种基本方式》；1983年《地质辞典》首先提出丹霞地貌定义："指厚层、产状平缓、节理发育、铁钙质混合胶结不匀的红色沙砾岩，在差异风化、重力崩塌、侵蚀、溶蚀等综合作用下形成的城堡状、宝塔状、针状、柱状、棒状、方山状或峰林状的地形。"这个时期，我国旅游业开始进入大规模发展阶段，丹霞地貌作为一种重要旅游资源，受到了来自社会各界越来越多的关注。

从一种特殊的地貌，到化身为一种现代旅游资源，丹霞山大约经过了三四十年；而红石滩，从发现到成为摄影家的钟爱之地、旅游者的新景观、管理者的新大陆、研究者的新课题，只用了三四年。

"还在生长？"有人担心地问，"那会不会一直蔓延到雪线以上，最后让雪山变成红顶？"

"不会的。我们观察了很久，红石从海拔2100米的河谷开始，到3800米的冰川冰窖口为止，更低或者更高的气温和湿度环境，并不适合其生存。"

丹霞山面临的问题是风化，红石滩担心的事情是蔓延。我想，这些问题都值得我们仔细研判。当然，仅从旅游发展的角度，红石滩的出现应视作一种幸运。毕竟，如此奇异的景观，给人们带来了如此不同寻常的感受：在白色的雪峰之下，在绿色的植被之间，有大片的异彩蜿蜒，给这片香格里拉之地的神秘，增添了一个灵动可见的表情。

按照曾昭璇的研究，丹霞山"无论在规模上、景色上"皆为"中国第一""世界第一"。那么红石滩呢？据介绍，单单是燕子沟里的红石滩就已达45平方公里。看来，短短几年间，这里便被称为"世界罕见的红石滩""世界最大的红石公园"并不为过。

"国家红石公园！"在红石滩与丹霞山的对比当中，又一个大胆的想法忽然闪现于脑海，于是我问——

未来能否以新生的"红石滩"作为主要特征，结合固有的雪山、冰川、草甸、海子，将这片山水打造成一个国家红石公园？让其和美国黄石公园遥遥相望，成为比肩而立的世界级自然奇迹综合体、人类探梦寻幽的又一个神秘王国？

和称为"地球上独一无二神奇乐园"的黄石公园相比，"红石公园"所拥有的自然、人文内涵不但毫不逊色，甚至更具独特性、唯一性。

燕子沟云雾

　　——在海拔和体量面积上，黄石公园坐落于号称"美洲脊梁"的落基山脉，海拔在2134～2438米之间，域内最高峰为华许布恩峰，海拔3550米，公园面积8956平方公里。而未来的"红石公园"则坐落在有着"世界屋脊"之称的青藏高原东部边缘，域内最高峰贡嘎山顶峰海拔7556米，山域面积超过10000平方公里。

　　——在动植物的丰富性上，黄石公园为著名的野生动物保护区，栖息着北美水野牛、灰狼、棕熊、驼鹿、麋鹿、巨角岩羊、羚

羊、羚牛等野生动物，其中，以熊、灰狼为其主要象征。黄石公园总面积的85%都覆盖着森林，绝大部分树木是扭叶松，其次为龙胆松、美洲云杉和亚高山银杉等。而"红石公园"也是野生动物的乐园，生活着400余种高山动物和森林动物，以出产珍稀和观赏蝴蝶而著称，有着"蝴蝶王国"的美称。另有珍稀植物40余种，已查明的植物有4880多种。

——在景观的独特性上，黄石公园内，有著名的黄石河、黄石湖，以及黄石峡谷、瀑布，温泉以及间歇喷泉等。而在"红石公园"，有古老的大渡河穿流其间，有木格错等10多个高原湖泊，在独有的低海拔冰川脚下还有着独特的高原沸泉。

——在神秘程度上，黄石公园90％的区域处于未开发状态，活火山仍处在运动之中。而在远离318国道的"红石公园"深处，雪山、云朵的背后，也有大片人迹罕至的无人区，千百年来从未被人们惊扰。

……

因为红石滩的年轻，人们显然还没来得及将其与声名显赫的"黄石公园"做过如上的类比。所以，我的问题引起了同行者的极大兴趣。于是，他们一路继续推想着，成为此行中一个不断提起的话题。国家红石公园的概念也在不断探讨中，从虚到实，由远及近，生动地展现在每个人的脑海，从此成了我们心中的一个"红石公园之盼"。

和我们的职业性向往不同，来到红石滩的众多探寻者大都有着与他们生活、情感紧密相关的另一种盼望。

"这两年，不少新婚前后的青年人将这里当作了福地，将度蜜月和自驾游结合在一起，驱车前来，把红石滩当作了拍婚纱照的外景地。"肖峰说。

他介绍，红石滩的声名鹊起，和红石滩发现之初燕子沟景区管理者发起的一个名为"种红石"活动有关。那时，他

们专门开辟的一片既湿润又向阳的区域，让到访的游客、情侣挑选自己喜欢的石块先刻下自己的名字，然后再"种"于这一特殊的"心田"。假以时日，"种"下的石头就会变成"红石"，在红石滩汇集成了圣洁的"圣德拉"之海，从无到有、天长地久地供奉于贡嘎山这一胜乐金刚道场周围，比其他山水间常见的"同心锁""许愿牌"更多了一番新意。"圣德拉"在梵语中是一种红色物质，藏区的胜乐金刚道场，信徒们自古以来就用它来供奉胜乐金刚的佛母。

因为"种红石"，红石滩成为继情歌故乡康定之后甘孜境内又一个全国性的爱情吸引地和见证地——圣德拉之海。

如果不是时间紧张，我们也会在这里种下一块红石，结合着那伫立其间的突发之想，我们会在自己选好的巨石上刻下"国家红石公园"六个大字，让它默立于中国西部高原，成为一代中国旅游人对于这块土地、这方山水的深切盼望和祝福。

有关格萨尔的传说，此行听的、看的、说的都不少，对一代传奇英雄的礼拜也激起了我不少古今观照的怀想。所以，一路上总有一种忧虑盘踞在心，越来越沉：这种与汉民族"风萧萧兮易水寒，壮士一去兮不复还"本质上息息相通的英雄主义，在当今时代是否已经变成一种仅供人瞻仰的"历史残迹"。

格萨尔王表演

12. 格萨尔王怀想

毫不夸张地说，把历史上传唱于康巴藏地的所有香格里拉之谣都加起来，其总长度、流传范围、影响之深远，恐怕也不及一部史诗的百分之一。这部史诗，就是在中国乃至世界文化史上占有重要位置的《格萨尔王传》。

《格萨尔王传》是一部形象化的古代藏族社会历史的百科全书，被誉为东方的《伊利亚特》。它生动地记述了传奇英雄格萨尔毕生的征战史，讴歌了抑强扶弱、保家卫国的美好品格，体现了藏族人民坚强不屈的精神风貌。2006年，《格萨尔王传》入选中国第一批非物质文化遗产名录，2009年入选世界非物质文化遗产名录。

可以说，有藏族的地方就有格萨尔文化的传承。而地处甘孜州德格县的阿须草原，因早已被证实为格萨尔降生、生长、放牧的地方，有关传说与遗迹更加集中。但因为行程安排，我们无法抵达那里亲身体味、寻访，真是此行的一大遗憾。好在，甘孜州旅游局提供的大量书面和音像资料以及口头介绍，依旧让我们"领略"了格萨尔文化的宏大与深邃。

《格萨尔王传》大致成型于11世纪前后（亦有成型于10世纪、13世纪之说），经过历代说唱艺人的演绎，内容不断丰富，才形成了如今约120部100多万行（一说150万行），超过世界"四大史诗"总和的宏大规模。史诗结构宏伟、卷帙浩繁、气势磅礴、流传广泛，代表着藏族文化的最高成就。《格萨尔王传》还是世界上唯一一部"活着的史诗"，至今仍有上百位民间艺人，在中国的西藏、四川、青海、内蒙古等地区传唱着英雄格萨尔王的丰功伟绩。

1000多年前，天灾人祸遍及藏区，妖魔鬼怪横行，黎民百姓遭受荼毒。大慈大悲的观世音菩萨为了普度众生，向阿弥陀佛请求派天神之子下凡降魔。神的儿子推巴噶瓦发愿，到藏区做黑头发藏人的君王，即格萨尔王。

格萨尔降临人间后，多次遭到陷害，但由于他本身的力量和诸天神的保护，不仅未遭毒手，反而将害人的妖魔鬼怪尽数杀死。12岁时（一说16岁），格萨尔在部落的赛马大会上取得胜利，并获得王位，同时娶森姜珠牡为妃。

赛马称王后，格萨尔开始施展天威，东讨西伐，南征北战，永不言败。他降伏了入侵岭国的北方妖魔，战胜了霍尔国的白帐王、姜国的萨丹王、门域的辛赤王、大食的诺尔王、卡切松耳石的赤丹王、祝古的托桂王等，降伏了几十个"宗"（藏族古代部落和小邦国家）。功德圆满后，他与母亲、王妃等一同返回天界。

据考证，格萨尔既是一位史诗中的传奇英雄，又是一个历史中实实在在的人物。生于1038年，逝于1119年，享年81岁。其通过赛马登上王位后，在其同父异母的兄长甲察帮助下，建立起30员大将、数万兵马的武装力量。据任新建介绍，格萨尔当年建立的岭国，势力范围北至青海玉树，西到昌都，东至甘孜（指甘孜县，而非甘孜州），南到巴塘一带。

在《格萨尔王传》中，为了让格萨尔能够完成降妖伏魔、抑强扶弱、造福百姓的神圣使命，说唱者们赋予他特殊的品格和非凡的才能，把他塑造成神、龙、念（藏族原始宗教里的一种厉神）三者合一的半人半神的英雄。这一点，在史诗之外的表现形式上也有着充分的体现。比如唐卡、藏族壁画就有很大比例的内容，属于格

萨尔王的传奇故事。在格萨尔故地的阿须草原乃至整个德格县，更是流传着许多脍炙人口的传奇故事，保留着许多有关格萨尔王的印迹，格萨尔纪念堂及其周围最为典型。

地处阿须草原的格萨尔纪念堂，最初是其后裔和将士们为了纪念格萨尔王功绩，在他诞生的青蛙石旁修建的家庙，可惜1966年毁于"文革"。现在游人们在德格所看到的格萨尔纪念堂，是20世纪80年代由巴伽活佛在原址基础上重新建成的。格萨尔纪念堂由64根梁柱、16根通天柱构成主体构架。堂正中塑有"岭·格萨尔王"骑驹驰骋的塑像，靠背处塑立着十三尊喂马战神，正墙左右方塑岭国十二大佛和菩萨、圣者，其左右两旁分立格萨尔的战将和爱妃。任新建介绍，站在纪念堂环顾四周，人们很容易就会发现这里的山形地貌与《格萨尔王传》中对其诞生地的描述如出一辙：

> 要说觉如的出生地，
> 名叫吉苏雅格康多。
> 两水交汇潺潺响，
> 两个草坪如铺毡。
> 前山大鹏凝布窝，
> 后山青岩碧玉峰。
> 右山如同母虎吼，
> 左山矛峰是红岩。

"觉如"是格萨尔的乳名，"两水"指位于前方的雅砻江和自岔岔寺山脚下流淌而过的这条河流，在右下方交汇。"两个草坪"是指纪念堂坐落地以及位于其东北方的一片草地。纪念堂西北角有一块形如青蛙状的大石。相传，格萨尔的母亲在此生格萨尔时，因用力过大不觉将大石蹬裂；纪念堂东北角有一个古老的嘛呢堆。据说，是格萨尔出生后，其母将胎盘、脐带埋于此而受后人仰奉；堆东邻处的岩石上，凹陷处有一个臀部印迹和一个脚印。相传，格萨尔出生后不久，此方的妖魔欲加害他，变成三只乌鸦袭击幼小的格萨尔。正在玩耍的格萨尔发现后，立即坐于岩石上，蹬足张弓，将妖魔幻化而成的三只乌鸦射死；纪念堂东北方的吉科村有一条山沟，相传是当时格萨尔母子俩被赶出时经过的地方，那时格萨尔母亲大喊三声，唤来了天神、地神和龙王以保平安，于是，吉科的13条小沟均朝着他们母子俩行走的方向移动，排列至今。

和这些神化的遗迹或记载更让人感怀的，是载于《格萨尔王传》中的那些体现格萨尔英雄主义情怀的章节。

史诗在第一部《天岭卜筮》中，明确授予格萨尔"降伏妖魔、抑强扶弱、救护生灵、使善良百姓能过上太平生活"的使命。格萨尔自己也宣称"世上妖魔害人民，抑强扶弱我才来""我要铲除不善之国王，我要镇压残暴和强梁"。在格萨尔一生的征战中，也的确实践了自己的诺言。例如，在《降服妖魔》中，格萨尔力排臣属的劝阻，不顾爱妻的挽留，毅然奔赴北方去消灭那个以"一百个大人作早点，一百个男孩作午餐，一百个少女作晚饭"的魔王。类似的故事，史诗中比比皆是。

有关格萨尔的传说，此行听的、看的、说的都不少，对一代传奇英雄的膜拜也激起了我们穿越古今的不少怀想。所以，一路上总有一种忧虑盘踞在心，越来越沉：作为藏族格萨尔文化精髓之一的英雄主义、作为与汉民族"风萧萧兮易水寒，壮士一去兮不复还"本质上息息相通的英雄主义，在当今时代是否已经变成一种仅可供人瞻仰的"历史壮举"？

2012年6月，著名军旅作家王树增在看完成都军区民族舞剧《英雄格萨尔》之后，写下一篇激情四溢的文字——《英雄在呼唤》。摘录如下：

拥有英雄和英雄颂歌的民族，是值得骄傲的民族。何为英雄？中国典籍的解释是："聪明秀出，谓之英；胆力过人，谓之雄。"聪慧和胆力的同时拥有，是天下男儿的梦想。当代人被这个梦想已经折磨得心力交瘁。

毫无疑问，当代的我们和"民众公认的英雄"久违了。在"精英"这个词泛滥成灾的当代中国，英雄崇拜遭遇了前所未有的挑战。不知从何时起，英雄主义开始渐渐让位于个人主义、享乐主义和消费主义。在文化追求上，人们"喜

欢"的审美逐渐萎靡软化：喜欢充满谐趣的叙事，喜欢充满娱乐气氛的扭动的软体，喜欢缺乏逻辑思维的调侃……在"现代化"空前简明扼要地被总结为个体致富的氛围里，真正意义上的英雄主义已经不合时宜，对财富积累落伍的恐惧取代了心灵深处本该属于我们的精神向往，对物质享受无尽的倾心占领了现代人理应属于审美情感的时空。

如此分析，如此"呼唤"，堪称振聋发聩。

想想近年散见于报端的"见死不敢施救"等新闻事件，真是上述分析活生生的注脚。当然，"道德滑坡"现象已经引发了非常集中也非常强烈的关注。人们都在思考，为什么我们会迎来"一个没有英雄的时代"？为什么我们的"时代"会陷入一种"需要全民补钙"的悲哀？在经济上实现了"大国崛起"的同时，我们的时代精神是不是也在崛起？

据报道，随着现代社会生活节奏的加快，格萨尔文化也面临着受众减少、传承不畅等问题。为此，有关方面正在积极应对，研究多种艺术形式传播的问题。成都军区民族舞剧《英雄格萨尔》就是一次成功的尝试。近年，青海省格萨尔史诗研究所还整理出版了多套格萨尔故事连环画，全套《格萨尔儿童文学丛书》也将由甘肃民族出版社出版。"少数民族传统文化教育要从娃娃抓起，要让格萨尔精神成为孩子们不可缺少的精神食粮。"

说罢藏族格萨尔文化的传承、弘扬，不由想起近年不断发展的"红色旅游"。其实，在报纸、电视纷纷报道红色旅游给观者带来精神力量的同时，也不是没有诸如"不合时宜"之类杂音。近年有个大家都知道的现象，有必要在此重提。就是有不少西方青年纷纷来到中国"重走长征路"，这些物质条件非常优越的西方青年在这条路上寻找什么？我想，他们是在朝拜和寻找某种人类共同推崇的精神。这种精神，与格萨尔文化中的不屈不挠、永不言败、勇往直前是一脉相承的。

感谢格萨尔故地，在香格里拉的"自由、美丽、安详、和谐"之外，又带给我们一种不该忘怀的英雄主义的力量。

因为历史、地理的原因，康巴文化就像一坛老酒尘封在中国西部高原的雪山和密林间，一旦开启，立即就香飘世界。但随着现代社会的发展、商业文明的侵入，它会不会变得无法接续？在全球一体化浪潮中，怎样才能保持它鲜明的文化色彩和个性？

藏传佛教宗教舞蹈

13. 延续古老传奇

　　领略文化差异，是人们出门旅行的主要目的之一。古老、神秘的藏民族文化扎根于"世界屋脊"，有着与其他各地文化截然不同的"海拔"，其差异性就更加明显，对世界各国游客的吸引力也就更大。

　　一位刚刚从西班牙考察回国的同仁，说起过他经历的一个细节。有一天，在他下榻的饭店餐厅遇到一对老夫妇。当得知这位同仁来自中国，而且故乡还靠近康巴藏区，立即兴奋地对他说起正在计划中的西藏之旅。他们拿出大量从互联网上下载的照片、资料向他一一求证，甚至颇为准确地谈起了藏族服饰里不同颜色、不同符号的象征意义。据这位同仁观察，这对西班牙老夫妇说起西藏的高兴劲儿，丝毫不亚于中国国门刚刚打开不久时，那些有机会远赴异国旅行的同胞们。

　　"或许，这对西班牙老人出国旅行的经历并不少，只是从未亲临过梦中的'香格里拉'吧。"这位同仁接着分析，"康巴藏地的文化魅力，从来就是全球性的。因为历史以及地理的原因，康巴文化就像一坛老酒始终尘封在中国西部高原的雪山和密林间，一旦开启，立即就香飘世界。"

　　但骄傲之余，这位同仁也表达了一些担忧。他说："随着现代社会的发展、现代文明的侵入，浓郁的康藏风情会不会变得无法接续？在全球一体化的浪潮中，怎样才能长久保持它鲜明的色彩和个性？"

　　这位同仁的担忧，并不"孤单"。比如前文我们曾经提到的，作为藏文化最高代表的史诗《格萨尔王传》，在传承上就面临着巨大的挑战；丹巴藏地古老的走婚文化，随着有关政策的实施正变得若隐若现；藏地百姓的一些古老习俗，开始出现"走出淳朴"的迹象……

2012年8月，苏州大学一群大学生在藏区进行的一项有关藏族服饰的调查结果，还从另一角度证实了这一"担忧"。

回到学校，一位大学生不无遗憾地写道："民族的才是世界的。然而我却发现，他们正渐渐地丢弃了本民族珍贵的服饰及民俗文化，转而投身到现代化大流中。调查问卷结果显示，藏民族服饰正逐渐成为40岁以上居民的专利，并且穿传统藏装的男性明显少于女性。"

"我们和老人们闲聊时，都忍不住赞叹那些漂亮有特色的服饰。"他介绍，"但老人们说这都是他们最为日常的服饰，只有外

格萨尔王藏戏

面来的人才会说漂亮，很多当地年轻人都嫌这些衣服土气，不大穿了。看来，对传统服饰传承的式微，老人们都很惋惜。"

　　"服饰，是一个民族文化不可或缺的标志。那些隐藏在针脚里的独特韵律，那些爽朗明快的颜色，那些独有的外表和习惯，那些述说着史诗和传奇的图腾，都展现着一个民族的独特风格。"这位调查者说，"我们，舍不得让它们只成为中老年人的专利。我们希望，借助这样的调查，使部分少数民族重新审视本民族风俗习惯、服饰习惯，继而树立传承优秀传统民族文化的意识。"

　　代表着民族风情的"服饰"生"变"，千百年来广泛传承的藏戏、舞蹈、民间说唱等艺术品类的命运如何？

　　藏戏是世界非物质文化遗产，有关专家考证至今已有600多年历史，比京剧还要早400多年。据甘孜有关部门介绍，堪称藏族同胞精神家园的藏戏，最早发端于雅鲁藏布江畔独特的地理环境中。在康巴藏区，有道孚藏戏、色达藏戏、德格藏戏等多个分支。其中，因德格是格萨尔的故土，有大量格萨尔历史遗存，19世纪末，在德格竹庆寺第五世活佛土登却吉多吉的推动下，格萨尔藏戏就已开始演出，其后，逐步向其他地方传播，在色达等县也有了格萨尔藏戏团。格萨尔藏戏演出的剧目主要有《赛马登位》《岭国三十员大将》《岭国统帅格萨尔、七大勇士、十三位王妃》《岭·格萨尔王、王妃珠牡和十三畏尔玛战神》等。如今，对这些藏戏的保护正在进行中。

　　关于藏戏的起源，小学六年级语文课本中的一篇文章这样说：

　　还是从西藏高僧唐东杰布的传奇故事讲起吧。

　　那时候，雅鲁藏布江上没有什么桥梁，数不清的牛皮船，被掀翻在野马脱缰般的激流中，许多试图过江的百姓，被咆哮的江水吞噬。于是，年轻的僧人唐东杰布许下宏愿，发誓架桥，为民造福。一无所有的唐东杰布，招来的只有一阵哄堂大笑。

　　于是就有了这样一段传奇。唐东杰布在山南琼结，认识了能歌善舞的7位姑娘，组成了西藏的第一个藏戏班子，用歌舞说唱的形式，表演宗教故事、历史传说，劝人行善积德、出钱出力、共同修桥。随着雄浑的歌声响彻雪山旷野，有人献出钱财，有人布施铁块，有人送来粮食，更有大批的农民、工匠跟着他们，从一个架桥工地，走到另一个架桥工地……

就这样，身无分文的唐东杰布在雅鲁藏布江上留下了58座铁索桥，同时，成为藏戏的开山鼻祖。

在几百年的发展中，藏戏形成了自己固定的程式：开场陈说藏戏历史以招徕观众，正戏表演故事的主要部分，结尾则具有庆贺演出成功之意。

藏戏艺人的唱腔、动作丰富多彩，不一而足。不同的人物用不同的唱腔来演唱，不同的情绪有不同的舞蹈动作来表达，不同的流派、不同的戏班更是有各种风格的表演形式。观众在吃喝玩耍中看戏，一出戏演它个三五天毫不稀奇，大家随心所欲、优哉游哉，毫无倦意。

藏戏就是这样，一代一代地师传身授下去。

《藏戏》一文的作者马晨明，是一位有过援藏经历的人民日报社女记者，不知道什么原因，她后来转任了国内某高校教师。

"能进入小学课本，无论对藏戏的宣传还是传承，都是一件功德无量的大事情。"甘孜州旅游局一位同仁说。在他看来，"藏戏艺术的传承，需要在更大的范围内引起关注，需要更多的人的帮助。当然，作为土生土长的藏人自身，更应该付出该有的心力。"他介绍，在甘孜道孚县，就有一个群众自发成立的民间文艺团体——玉科格萨尔王藏戏团。为传承世界非物质文化遗产，50位热爱藏戏的群众演员走到了一起，坚守康巴高原，从1990年成立起，已经为藏族群众无偿演出了22年。这个藏戏团有男女各半50名演员，都并非专业，甚至包括团长、副团长都是甲宗的农牧民。

"他们的演出，从不收观众和游客的费用。主要是在春节、三八妇女节和玉科赛马节演出。每遇演出都要提前1个月排练节目，其间，演员的吃穿都是自带。他们的行动感染了很多人。2011年，道孚县文旅局为该团的演出配备了音响、电视、发电机等设

备，并兑现了一场演出补贴两三千元的承诺。"

"这个藏戏团，对来自四面八方的游客来说，相当于一个藏文化营销团队。所以，应该得到旅游管理机构的支持帮助。"

对甘孜州旅游局这位同仁的看法和做法，我极为认同。在时间隧道里，有些文化保存下来，有些文化消失了，这不仅是事实，也是规律。但作为人类生存与发展的伴同物，其生命力往往会变得非常顽强。有时，这种生命力还会因为某种"载体"的出现，获得又一个成长机遇。

目前，一个已为世界公认的，发现某种文化内在生命力并使之延续的重要途径，就是旅游业发展。它的持续兴起、发展，已经使很多古老的文化出现了新的生机。所以，以更加开放的思维，将藏戏、藏饰、藏舞、藏药，以及更多的藏文化要素都当作旅游业发展的要素对待，将是更加"积极的保护思路"之一。

联合国教科文组织《保护非物质文化遗产公约》提出："各个群体和团体随着其所处环境、与自然界的相互关系和历史条件的变化不断使这种代代相传的非物质文化遗产得到创新，同时使他们自己具有一种认同感和历史感，从而促进了文化多样性和人类的创造力。"在我看来，这里所说的文化遗产"创新"路径，除了文化部门的努力外，也有旅游产业管理者的一份责任。

其实，作为藏民族文化之魂的宗教——藏传佛教，正是经由一群特殊旅游者而不断得到弘扬的。他们即是千百年来云游藏地、传经布道的一代代高僧大德。有了他们，才有了"藏族""佛教"这两个词汇理所当然的连接；有了他们，藏传佛教才成了藏族同胞与生俱来的信仰；有了他们，在青藏高原以外的更大范围内，藏传佛教才成了更多普通大众精神世界的瑰宝。接下去，在他们之外，才有了来自世界各地的"文化蜜蜂"——游客们，作为一个特殊载体的使命——采撷不同文化的花蕊，酿就人类共同的、五彩的文明。进而，让人类的精神世界得到抚慰。

古老的印经院，让德格成为传承藏族传统文化的圣地之一；年轻的佛学院，让色达成为许多现代僧人心目中的精神家园。回到内地闹市，忆起甘孜藏地之行，不时会有一种感受：如果说圣洁的雪山代表着香格里拉之形，那么对人间净土的向往就是香格里拉之魂吧。

德格印经院

14.重构精神家园

为什么山的峰巅处最为洁白？每一次面对高原雪山，我都会不由自主想到这个问题。高海拔的造就当然是其首要因素。除此之外，交通不变导致的人迹罕至、对于心灵圣地的种种呵护，应当也是这份洁白得以永续的重要因素。

自然、地理上的高山如是，文化、精神上的高山更无二致。这一次的甘孜藏地之行，有两个我们行程未至但心已神往的地方：一个是德格、一个是色达。它们是很多人心目中藏族文化的高山、精神的家园。

先说德格。那里，有一座享有世界声誉的印经院——德格印经院，为中国三大藏传佛教印经院之首，也是世界上至今为止保存最多印经版的印经院。素有"藏文化大百科全书""藏族地区璀璨的文化明珠""雪山下的宝库"等盛名。从甘孜返京的行囊里，有一部关于德格的纪录片，日常工作忙碌之余，它屡屡将我带入一片古老、神秘的藏族文化高地。

历史上，藏区有三大印经院，即德格印经院、拉萨印经院和日喀则印经院。日喀则印经院"文革"期间被毁，在剩下的两座印经院中，以德格印经院的规模最大，收藏也最丰富。德格印经院全名"西藏文化宝库德格扎西果芒大法宝库印经院"，又称"德格吉祥聚慧院"，始建于1729年，1996年由国务院列为全国重点文物保护单位。

用今天的话说，印经院就是出版社，德格印经院即是藏区规模最大的藏文化出版中心。它为什么坐落在位于藏区边缘的德格？这得从德格的历史说起。

　　德格最早并不是地名，而是一个封号。史载，元初，萨迦派第一代祖师、第一代萨迦法王八思巴，途经德格，将德格第二十九代索郎仁钦选定为"色班"（法王膳食堪布），称其具有"四部十善"的品质和福分，赐名"四德十格之大夫"，从此，索郎仁钦即以"德格"作为家族名，地名随家族名称为德格。德格，即善地之意。今天的德格县城一带，就是史上德格土司王国

德格印经院

的统治中心。鼎盛时期，德格土司统治的疆域跨川、藏、青三省区计10万平方公里。

德格印经院，始建于清雍正七年（1729）。是当时的德格第十二代土司却吉·登巴泽仁出于政教统治的需要而建立的。关于印经院的选址有两个传说。其一，有一天太阳落山时分，当登巴泽仁土司在官寨外漫步时，听到小孩琅琅的读书声，循声而去，于是，萌生了刻版印经的想法；其二，一个叫拉绒的人把自己刻的一部经书版用牦牛驮着去献给土司，不料，牦牛受惊，书版散落地上。登巴泽仁觉得这是个吉兆，于是决定在经版落地的地方修建印经院。

德格印经院的修建，共耗时27年，历经四代土司方告竣工。后又经历代德格土司的续建和扩建，才逐步形成了现在的规模和建筑风格。

德格印经院所藏印版，最早可以追溯到清康熙四十三年（1730）左右，由德格第十代土司松吉登巴出资雕刻的1500余块印版，早于建院时间约26年。印经院创建期间，德格第十二代土司却吉·登巴泽仁组织雕刻了《甘珠尔》及其他一些典籍的印版，使印版总数接近10万块。却吉·登巴泽仁去世后，由其长子继任为第十三代土司，一年后，次子彭措登巴成为德格第十四代土司。彭措登巴在位期间，完成《丹珠尔》和其他40多函典籍、传记的印版刻制。此后，第十五代、第十六代德格土司又先后组织各种典籍印版的刻制，使印经院的印版总数超过20万块。19世纪，德格土司的统治势力和经济实力已呈衰退之势，印版的刻制随之减少，同时，由于土司内部的争斗和一些外部因素，还有部分刻版散落。印经院历史上收藏的印版最多时达到30多万块，现在仍保存有29万多块。

德格印经院所藏的印版，可以分为书版和画版两大类。其中书版830部，包括著名的德格版《甘珠尔》《丹珠尔》，以及藏传佛教五大教派经典著作、译著、传记和历史专著。此外，还包括不少哲学、天文历算、医学、辞书文法、音乐、美术以及地震等方面的著作。德格印经院所收藏的木刻画版有887块，大体可以分为三种：一是唐卡画版，二是坛城（曼荼罗）画版，三是风马（龙打）画版。除单独的画版外，德格印经院还藏有许多书版的插画，其中《般若波罗蜜多经八千颂》的书版插画多达1000余幅。另外，德格印经院收藏的藏文典籍不分教派，珍稀版、印刷精良，文物保护良好，管理健全，被誉为当今中国，乃至世界文化遗产中的瑰宝。

在不止一次造访过德格的李昌平先生眼里，德格是一个藏民族文化圣地，在藏族文化的传承史中，其沉甸甸的分量还来自这块"善地"的包容。

他介绍，在藏区其他印经院，大都是以黄教（格鲁派）经文刻印为主，唯有在德格印经院，兼收着各家各派和不同地区的典籍。他分析，这和历史上德格土司一向奉行兼蓄并存的文化政策有关。德格土司对各教派的扶持，使这里成为名寺高僧的会聚之地。到民国时期，有宁玛、萨迦、噶举、格鲁、噶当等派别的寺院200余座，僧尼3万多人。

李昌平认为，如果说稻城亚丁的三怙主雪山代表着香格里拉之形，那么德格印经院里弥足珍贵的各教派古老文化遗存就是香格里拉之魂，是香巴拉藏地永远绽放着的五彩佛光。

四川省旅游局郝康理局长介绍，对德格印经院的价值，国家文物局有关文件这样评价——"德格印经院是将印刷、宗教、居住功能融为一体的藏式建筑，是藏文化发展的见证；完整的保留有刻版印刷的工艺与流程；建筑风格具有浓郁的地方特色；具有突出的历史、科学和艺术价值。保护好德格印经院，在藏文化交流与传播、刻版印刷术的保护与传承、传统藏族建筑形式的保存等方面都具有重要的意义"。郝康理说，近年，国内有关方面为德格印经院申报世界文化遗产的呼声越来越高。"如果这一目标得以实现，意义之大绝不会仅仅局限于文化、旅游范畴。"

除了存有藏族文化70%古籍的德格印经院外，德格一直为人们津津乐道的原因，郝康理认为至少还有几点：第一，这里既是岭·格萨尔故里，又是英雄史诗《格萨尔王传》的发祥地。第二，

这里的方言是康区标准语言，即康区普通话。第三，这里是南派藏医药的发祥地，也是今天甘孜州藏医药医疗、教学和科研基地。第四，这里藏传佛教祖寺齐全，历史悠久，文化精博，五大教派各显异彩，为藏传佛教朝圣地之一。

如果说，古老的德格印经院让德格成为传承藏族传统文化的圣地之一，那么一座始创于20世纪80年代的佛学院则让色达成为许多现代僧人心目中的精神家园。

色达在藏语里的意思是"金马"，因历史上境内出土过一块马形的金块而得名。由于特定的历史原因，色达一直没有得到很好的开发，2002年以前，这里一直保留着比较原始的生活状态。色达县是藏传佛教红教（宁玛派）寺庙比较集中的地方，知名度较高的有吉祥藏经院、勒穷寺、拉则寺、纳折贡巴寺以及打龙寺、色拉寺等。

在甘孜州色达县城20余公里处，有一条山沟叫喇荣沟，顺沟上行数里，就是举世闻名的喇荣寺五明佛学院，也称色达佛学院。色达佛学院是世界上最大的藏传佛学院之一，很多到此游览的人们最初都无不惊异于其僧舍规模的连绵、浩大——连绵数公里的山谷里布满了密密麻麻的小木棚屋，它们簇拥着谷底和山梁上几座寺庙和佛堂，身披绛红色僧袍的喇嘛和觉姆来来往往，祥和与生机在空气中交融。

关于色达，有人这样描述："红色的经幡，红色的木屋，红色的人群……蓝天白云下，一片红色的海洋深深地吸引了我，这就是色达喇荣寺五明佛学院。这是一个充满信仰的地方，一个鲜为人知的净土。"

"里面到底具体有多少喇嘛，多少觉姆（女僧），多少僧舍，没有人知道。这里是佛教徒的圣地，是佛教徒心灵的庇护所，在藏民心目中有至高无上的地位。"

色达佛学院筹建于1980年，最初仅有30余人，仅是一个小型学经点。1987年，十世班禅大师亲自致函色达县政府，支持在这里成

德格印经院

立佛学院，并赐予了"色达喇荣五明佛学院"的校名，1993年全国政协副主席、中国佛教协会会长赵朴初欣然挥毫题写了汉文"色达喇荣五明佛学院"院名。1997年，甘孜州宗教局报请四川省宗教局同意，正式批准设立了"色达喇荣寺五明佛学院"。

"很多人来了，从此就不曾离开。"据说藏语"喇荣"一词，

本来包含有"一到那里就想出家的意思"。

在远离繁华，在空气稀薄的海拔4000米的高原，是什么力量让数量如此之多的人们长年沉浸其中？一个很有成就的堪布这样解释：人们信教，主要是为了得到心灵上的庇护，得到心理上的安慰，得到内心的平静。

有了德格和色达这样能让人重构心灵世界的地方，有了越来越多视大寂寞为甘泉、向着文化的高山上那一份洁白不断攀爬、向着人生境界之海拔不断超越的人们，谁还会否认香格里拉的存在呢？

为了寻找香巴拉，人们奔向青藏高原，奔向贡嘎、雅拉或者梅里雪山，甚至奔向更远的印度。然而，一则流传于藏族民间的故事里说：有位年轻勇士四处寻觅这神秘王国，他经历千山万岭之后，来到一位老喇嘛修行的山洞。老喇嘛问他欲往何处，青年回答："寻找香巴拉。"老喇嘛说："你不用到远处去，香巴拉就在你的心中。"

康定木雅金塔

15. 心中的香巴拉

　　说起香格里拉，很容易让人想到"香巴拉"。这两个汉语读音极为相近的词汇，意义上也大致相同。我们无从考证，希尔顿是不是根据藏语中"心中的日月"的音译，才造出了Shangri-La这个英语新词。根据两者之间似乎存在的"血缘"关系，有人干脆称"香格里拉，又称香巴拉"。这似乎没什么不妥，但是，这里面有个需要注意的事实：现在人们所言的香巴拉，是指藏族佛经中的一个理想王国，起码"存在"了几千年；而香格里拉则是希尔顿带给现代

远眺亚拉雪山

读者的精神家园，只有80岁。换句话说，你可以说香格里拉又称香巴拉，但不能说香巴拉又称香格里拉。

据说，香巴拉王国隐藏于西藏北方雪山之中，整个王国被八座莲花瓣状雪山环绕。中央又有雪山内环，为辉煌的卡拉巴王宫，是香巴拉王国国王的居处。这里的人们不执、不迷、无欲；因为无欲，这里就无恨、无仇、无争、无夺，所以这里的人无病、无苦，生命长青。

值得注意的是，在藏族佛经中，香巴拉并不虚幻，是个经过修炼，今生可达的地方。

一则藏族民间故事里讲：有两位信徒一心寻找香巴拉。在途中，释迦牟尼佛为了考验他们的心地是否洁净，就化身为一个衣衫褴褛的流浪僧人。僧人在一个皮口袋中变出了无数的黄金，并许诺这两位信徒可以任意拿取。一个信徒拼命往自己的行囊中装满黄金，另一个则完全拒绝了僧人的赠予。在攀登环绕香巴拉的雪山峭壁时，拿了许多黄金的人因不堪重负坠落无底深渊，而拒绝了黄金诱惑的人则顺利到达了香巴拉。

在拉萨的罗布林卡，十三世达赖喇嘛土登嘉措圆寂的房间里，有一幅称为"香巴拉之战"的壁画。它描绘的是一则佛的预言：现世佛释迦牟尼圆寂后的若干千年，尘俗世界将因人们的贪婪而陷入一片混乱。为了得到香巴拉的无穷财富，便发动了对香巴拉来说史无前例的战争。是时，香巴拉的国王为无量光佛的化身，他率众抗敌，终于以佛法的威力征服、感化了世界。从此，世界进入了一个和香巴拉一样的欢乐、祥和的黄金时代。第六世班禅大师撰写过一

部《香巴拉祈祷文》，其中就有一段是这样描写这场最终的战争：

> 百万雄狮兮，彩色缤纷。
> 四十万大象兮，愤怒狂奔。
> 黄金战车满载战士武器，
> 齐赴大战场兮，英勇莫敌。

巧的是，在《消失的地平线》第十章，希尔顿也借将要圆寂的活佛与康维的对话，写到了"战争"：

> "我的孩子，我要把香格里拉的遗产和命运交到你的手中。"活佛说。
> ……康维感到这话里暗含着一种温和却无法抗拒的力量，而那声音还在沉寂中回荡……活佛的声音打乱了他心跳的节奏："我等你多年了，我的孩子。"……我的朋友，我留给你的工作不算辛苦，因为我们有非常宽松的管理秩序。在风暴肆虐的时候，要温和、要会忍，要关爱心灵，注重才智……
> 康维想说点什么，却感到无从开口。突然，一道闪电擦亮了黑暗，他猛地惊觉过来。他几乎喊着说道："您……您刚才说到风暴……"
> 活佛说："那将是一场史无前例的风暴……每一朵文明之花都将被摧毁……"

小说中活佛说起的风暴，就是《香巴拉之战》壁画预言中、《香巴拉祈祷文》中描写的那场"最后的战争"吗？香巴拉的最后回归和长久延续，无论在佛学经典还是在现代小说中，都是在一场战争或者风暴之后，这真是一种耐人寻味的巧合。

六世班禅大师贝丹益西根据《大藏经》中的经典，还专门撰写了一部《香巴拉王国指南》，将有关香巴拉的传说归纳为三部分：其一为前往香巴拉所要做的种种准备和历程；其二是香巴拉王国的情形和历史；其三是关于香巴拉大战和人类黄金时代的预言。因为这部著作，班禅驻锡的扎什伦布寺成为弘扬香巴拉的中心。藏族民间都相信，要前往香巴拉，除必须进行各种精神修炼、扬善弃恶、变换身心之外，还必须到扎什伦布寺领取前往香巴拉的"路引"。

千百年来，香巴拉的故事在藏传佛教的信徒中广为流传，近代，世界各国的藏学家们也把香巴拉作为一个课题认真地进行研究。香巴拉既然今生可达，那么它在哪里？

藏族学者阿旺班智达的有关描述曾被广泛引用。他说：香巴拉是人类驰名的圣地，它位于南瞻部洲（佛教传说中四大部洲之一）北部，其形圆、状如八瓣莲花，中心的边缘及叶子两边环绕着雪山，叶子之间由流水或雪山分开，雪山和秃山、石山和草山、林山和花果山以及湖泊、树木、园林等都安排得令人陶醉倾心，中央的顶端有国都噶拉洼，中心柔丹王宫，十分美妙，十五的月亮也较之逊色。王宫透明发光，照射四周，使之分不清白天和黑夜，四周如明镜般清亮，连五十由旬（一由旬约40里）以内的水中戏游生物的形象都看得非常清楚，窗户是水晶做成的，从窗户能看清日月星辰及十二宫等。柔丹王狮发顶髻，戴着金冕、宝镯足剑，显得十分威风，周身发出亮光，其食物及享用等，天上玉皇也难以相比。他有许多妃子，王子降生时，花雨绵绵，盛开前所未有的奇花显示祥兆，众多王子在诞生时降花雨，七日不见婴孩，只见宝物发出光明，柔丹王就是这样来的……"

而藏传佛教各派高僧大德大都认为：在冈底斯山主峰附近的某个地方，有个叫"香巴拉"的神秘所在地，那里的首领是金刚手恰那多吉化身——绕登·芒果巴，教主为无量光佛亦称阿弥陀佛。香巴拉共有七代法王，均传授"《时轮经》"，他们掌管着960万个城邦组成的幸福王国，这里没有贫穷和困苦，没有疾病和死亡，也没有人与人之间的尔虞我诈，更没有嫉恨和仇杀……香巴拉人的寿命以千年来计算。

在《香巴拉道路指南》一书中，六世班禅大师贝丹益西介绍香巴拉之路程时说，"香巴拉是在西藏西南方至印度北方邦北部地

香格里拉松赞林寺

方，是雪山环绕的一个神秘世界"。

有一个美丽的地方，
人们都把它向往。

那里四季常青，
那里鸟语花香，
那里没有痛苦，
那里没有忧伤，
它的名字叫香巴拉，

传说是神仙居住的地方。

哦，香巴拉并不遥远，
它就是我们的家乡。

　　这首流行于藏区的现代歌曲用通俗的语言表达了人们对美好生活的向往。但是，歌中唱到的"家乡"，没有任何人在任何地图上找到过明确的标示。

　　任新建先生介绍，香巴拉的传说是有源头的，即《时轮经》。传说，当年佛祖释迦牟尼传授给香巴拉国王苏禅德喇《时轮经》原

文，会面地点是在南印度秃鹫山附近。苏禅德喇受佛祖灌顶后回到香巴拉，即把藏传佛教定为国教，还根据他的记忆将佛祖的传授写成了《时轮经》并加上了很多注释。按照藏传佛教的教义，香巴拉首先是一个精神领域的王国，只有受过《时轮经》灌顶的人才能到达那里。

在《消失的地平线》尾声，希尔顿又遇到小说"引子"里给了他手稿的卢瑟福。希尔顿写道：

后来，我又开始谈起我记忆中的康维，那个一脸天真，然而天赋异禀，充满韧劲的年轻小伙；说起那场改变了他的战争，以及许许多多关于时间、岁月和心灵的秘密"；说起那位已经很老很老了的藏族姑娘，还有那神奇的遥不可及的蓝色月亮般的梦幻。

"你认为，他会找到香格里拉吗？"我问。

希尔顿就是以这个最后的诘问结束了整部小说。但是小说的读者们，却由此开始了长达80年的寻找。

现代都市里的人们，大多都是因了希尔顿的香格里拉才知道藏语世界里的香巴拉，进而进入寻找历程的。为此，人们奔向青藏高原，奔向贡嘎、雅拉或者梅里雪山，甚至奔向更远的印度。然而，一则流传于藏族民间的故事却说：有位年轻勇士四处寻觅这神秘王国，他经历千山万岭之后，来到一位老喇嘛修行的山洞。老喇嘛问他欲往何处，青年回答："寻找香巴拉。"老喇嘛说："你不用到远处去，香巴拉就在你的心中。"

这当然是个充满哲学意味的故事，在许多关于"寻找香格里拉"的文字中都被引用过。

然而，我此时却想，如果这位年轻勇士没有经过"千山万岭"的寻找，或许连老喇嘛修行的山洞都找不到。另外，没有千辛万苦的寻找，他又怎么可能在内心找到香巴拉？这正如一个刚刚出生的婴儿诚然纯真可爱，但那些有了丰富的人生，内心依然保持着一份纯净的人们才更为宝贵、更为可爱，才能拥有更具有人生启发意义的所谓净土。

所以我要说，人们不去"远处"，是不可能在心里找到香巴拉的。对现代都市里的芸芸众生，尤其是对生存于巨大责任、深深苦痛中的凡人来说，不入香巴拉之境，又何从接受那雪山的忠告、那净水的安慰、那空谷的启迪呢？

要找寻心中的香巴拉，还是背上行囊上路吧！

转经藏民

稻城亚丁告诉你

Story of Daocheng Yading

第四部分

香格里拉之魂

他们面容消瘦，头发凌乱，衣服破旧甚至邋遢不堪，脸上布满尘土，却有一双闪亮而执着的眼睛。许多磕长头者的额头，都有一块厚厚的老茧，那是他们千万次的磕拜、千万次的念诵、千万次心灵与信仰融为一体的见证。

他们弓着身子，上身伏在车把上方，双腿踏着脚蹬，永不停息地走过了成百上千公里的路程。此行出发以来，坐在越野车中的我们每天尚觉疲累不堪，完全靠着自身体力蹬车前行的他们为何还能坚持？脚下漫长的川藏线，以及两旁的美景，在他们眼中、心中是否和我们所能看到、体会到的有很多不同？

磕长头

16. 香格里拉天路

　　"明天，我们要走的是一条天路。"那晚在雅江，晚饭后大家在空间局促但又因人少而显得空旷的县城散步，甘孜州政府办公室年轻干部刘勤进介绍说。

　　"天路？"在很多人的印象中，天路特指韩红在同名歌曲中所唱到的青藏铁路，所以有人问。

　　"从雅江到理塘，我们全程都将在海拔4000米以上行驶。"他说，"丝毫不亚于青藏铁路的平均海拔，途中要翻越的卡子拉山口海拔4718米，然后到达世界高城 —— 理塘。"

　　小刘的话激起了大家的兴趣。在人们心目中，天路的艰难既是一种挑战，也是一种诱惑。

天路

从雅江到理塘，首先要经过著名的剪子弯山。剪子弯山，藏语称"惹玛那扎"，意为羊子山口。说其著名，是源于一个被很多导游员的解说、很多背包客的游记都提到过的传说——

相传，三世达赖锁南嘉措历尽艰难险阻进京去朝见皇帝归来时，在渡雅砻江时险些掉进江里，多亏护法神阿苦当吉的全力护卫才得脱险。后来继续赶路至一个山口，达赖的坐骑"神羊"累了，就停下来休息。各路护法神也在此时接受达赖评功论赏，但是，劳苦功高的阿苦当吉却遭到了冷落。于是，心灰意冷的阿苦当吉提出留在此地，不再继续护送达赖回到拉萨去。达赖为了表示歉意，就同意了他的想法，并说这山背面有座寺院就作为供奉你的寺院吧。于是，这个山口便因神羊需要休息，阿苦当吉留在此地而得名羊子山口。

其实据史载，锁南嘉措并未真正到过京城。1587年，明神宗根据蒙古顺义王的请求，派遣官员到蒙古，邀请在当地传教布法的锁南嘉措到北京与自己会晤，并在北京讲经说法。锁南嘉措接受了明神宗的邀请，即从蒙古动身赶赴北京。但是，不幸中途在蒙古卡欧吐密地方圆寂，时为明神宗万历十六年(1588)三月二十六日，享年46岁。三世达赖锁南嘉措因远赴蒙古布法而名留青史，后被誉为"一生大力弘扬黄教，努力协调汉、藏、蒙民族关系及中央与蒙、藏地方关系并取得巨大成就，为历世达赖喇嘛树立了光辉榜样"。剪子弯山口因这样一个传说而著名，也是对一代名僧大德的最好追念。

剪子弯山最高海拔4659米，山顶部植被稀少，空气含氧量不高。我们翻越垭口的时候，阳光非常明亮，越野车似乎是在一块无边的画布上滑行，一步一景的川西高原美景让人不忍错过，于是停车拍照。人们的镜头里，有梦幻般的雪山，有幽深的峡谷，也有不远处草甸上"优雅"地散步的牦牛。虽然没有摄影家们的水平，也没有专业的设备，但我还是忍不住对着这难得的"天路美景"举起了苹果手机。

除了取景框中的自然景观外，其实我的镜头是另有期待的，那就是蜿蜒的山路上，那些单独或者结队前进的骑行者们。

他们从哪里来？到哪里去？从康定到雅江，从雅江到理塘，乃至我们所行走的每一条路上，都能看到他们的身影。他们弓着身子，上身伏在车把上方，双腿踏着脚蹬，永不停息地走过了成百上千公里的路程。此行出发以来，坐在越野车中的我们每天尚觉疲累不堪，完全靠着自身体力蹬车前行的他们为何还能坚持？脚下漫长的川藏线，以及两旁的美景，在他们眼中、心中是否和我们所能看到、体会到的有很多不同？

和这些大多来自内地的骑行者相比，更让人觉得震撼的是那些磕长头的藏族同胞们。到过藏地的旅行者可能都见过那样的场面——他们的双眼直视苍穹，目光祥和又坚定。他们手戴护具，膝着护膝，身前挂一毛皮衣物，一边念着六字真言，一边双手合十，高举过头，然后行一步；双手继续合十，移至面前，再行一步；双手合十移至胸前，迈第三步时，双手自胸前移开，与地面平行前伸，掌心朝下俯地，膝盖先着地，后全身俯地，额头轻叩地面。然后站起，重新前移，周而复始。他们面容消瘦，头发凌乱，衣服破旧甚至邋遢不堪，脸上布满尘土，却有一双闪亮而执着的眼睛。用电影《可可西里》的导演陆川的话来说：别看磕长头的人身上脏，他们的心是最干净的。磕长头的信徒绝不会用偷懒的办法来减轻劳累，因吃饭、休息或他故暂停磕头时，则画线或积石为志，就这样不折不扣，矢志不渝，靠坚强的信念，直到心中圣地为止。许多磕长头者的额头都有一块厚厚的老茧，那是他们千万次的磕

朝圣者

拜、千万次的念诵、千万次心灵与信仰融为一体的见证。

藏学家任新建介绍，磕长头是藏传佛教信仰者最至诚的礼佛方式之一，同时是藏传佛教密宗修持的一种方法。信徒们认为在一生修行中，至少要磕十万次长头，叩头时赤脚，这样才算虔诚。磕头朝圣的人在其五体投地的时候，是为"身"敬；同时口中不断念咒，是为"语"敬；心中不断想念着佛，是为"意"敬。"磕长头"分为不远千里、历经数月的长途，数小时至十天半月的短途，以及就地三种。而就地磕长头的形式并不像人们想象的那样轻松，有一种形式的磕长头之艰难，更让人动容——有些信徒面向寺院，每磕一次，移动距离等于身体的宽度。这样绕周长一公里的寺院一周，需磕头2000多次，规模更大的寺院，磕头的次数也就更多。全程完毕，叩拜者的手掌和膝盖往往会磨出鲜血。

"在藏区，许多牧民都以一生能朝拜一次布达拉宫为终生愿望。"任新建介绍，"他们辛苦劳作，积累财物，到了朝拜之时，却不惜散尽全部家财，义无反顾踏上朝拜的长路。"

因为海拔较高，空气稀薄，我们在剪子弯山垭口的停留时间很短。自然也没能拍到期待中的骑行者。但是，他们沿着高低、曲

稻城亚丁央迈勇雪山

折、颠簸的山路，以不屈的意志外化成的那种"奋力的姿态"，却始终深深印在我的脑海。

剪子弯山口一过，我们进入了一片天然高原牧场。近看，到处葱绿，成群的黑色牦牛徜徉其间，几栋小木屋前竖着高高的彩色经幡，就像进入了一个童话世界；远观，群山起伏，悠长的白亮溪流蜿蜒而去，几顶黑色帐篷散落在山坡上，仿佛展开了一幅朦胧的山水画卷。

雅江到理塘150多公里，除了海拔4659米的剪子弯山外，快到理塘时，还需翻越海拔4718米的卡子拉山。卡子拉山说起来是山，但无论坐在车里疾驰还是停在路边小憩，都感觉不出它是山，却像是到了一片宽广无边的美丽牧场。因为海拔的原因，卡子拉山上常年高寒缺氧。小刘介绍，即便是酷热6月，云雾一遮，随之而来的就是冰雹夹鹅毛大雪，顷刻间就成冰封世界。同样，因海拔较高，树木就更加稀少，主要是高山草甸。伫立在卡子拉山口，再也没有什么能挡住你的视线。空远的山顶好像天空的眠床，又似一个巨大的舞台，只有四野的白云，曼妙而寂寞。极目远眺，天地浩瀚无垠，群峰尽伏脚下，重重叠叠，仿佛大海的万顷波涛，汹涌壮阔。这时，人和天空是如此之近，仿佛一伸手就能触碰到一片云朵。

"无限风光在险峰"，不经过天路的跋涉，怎么能拥有如此梦幻般的景致？

时近晌午，在距离理塘十几公里的天路一侧，我们走进了一家在自驾者中名气颇大的高原特色餐馆。餐馆外一排排的越野汽车、自行车，印证了这家餐馆的火爆。当地向导介绍，川藏线的长途跋涉者，进入高城理塘前都会在这里饱餐一顿。鲜嫩滑爽的美食，给无数因穿越天路美景而变得"饥寒交迫"的人们带来了实实在在的温暖和力量。

食具是简单的，座椅甚至有些破旧，但是气氛却浓烈感人。来自理塘的餐馆经营者、服务员，往往会在旅人觥筹交错的时候，或者打开电视，播放理塘国际赛马节的热烈场面，或者立于桌边，献上一曲又一曲传唱于理塘草原的民族歌谣。

一轮轮的经轮转啊转不休，
一面面的经幡飘飘扬扬，
那是芸芸众生的祈祷，
那是无数灵魂升华的旗帜。
……
一块块的山石刻满经文，

一声声的法号回荡天地，
那是永生永世不灭的信念，
那是大慈大悲深深的呼唤。
······
啊，不要说不要说，
不要说磕长头千里磨难；
不要说不要说，
不要说佛经万卷高深莫测，
啊，只要胸中有颗善良赤诚的心，
神灵甘露就会滋润人间。
······

悠扬、淳厚的民族歌谣，让许多人舍不得离去。来自浙江的一个自驾车队的队员们，尽管在我们之前就已经食毕，但仍旧不愿上路。坐在一旁，他们一边陶醉于耳边的曲调、墙上的电视画面，一边和我们交流着跋涉于天路的感受、感慨。

"看山要看极高雪山，行路要行高原天路。"他们说。

"纸上得来终觉浅，绝知此事要躬行。"有人答。

"不急不急，出来不是赶路的。"他们说。

"旅行，其实就是心灵与信仰的一次邂逅、一次朝拜。"有人感慨。

"是的，雪域圣地理塘离这里不远了！"有人应和。
······

这样的对话，有刚刚穿过的那条人间天路当背景，有不期而遇的跋涉者共同的喜悦为应和，有即将贴近大香格里拉重要核心区稻城亚丁的喜悦做牵引，每一句都显得意味深长。

理塘，的确是一块令人感叹的祥瑞宝地。三世达赖在此建造了长青春科尔寺，七世达赖、十世达赖出生于此；十世班禅、十一世班禅都曾在此主持佛事活动……绵延不尽的时间，在这里似乎也优雅了姿态、缓慢了脚步，游人的拜访不会惊扰它的宁静，时代的更替只会增添它的深邃。

炉霍卡萨湖

17. 长青春科尔寺

在地理上平均海拔超过4000米的世界高城理塘县，在文化、历史上的"海拔"同样令世人不可小觑。

2012年5月27日上午，经过雅江—理塘100多公里天路之行，我们终于进入理塘。

理塘，位于甘孜西南，地处横断山系东南边缘，金沙江与雅砻江之间。藏语称理塘为"勒通"，"勒"为铜镜，"通"为草坝，意为"铜镜一样纯净平坦的草原"。自古，理塘即为川藏古驿道的康南第一重镇，有着西藏门户之称，地理位置十分重要。

史载，此地隋为附国，唐宋属吐蕃，元代置李唐州，明代置里塘宣抚司。清初置宣慰司，光绪三十二年（1906）置里化县，宣统三年（1911）升为里塘府。民国三年（1914）废府建县，改为理化县。中华人民共和国成立后，1951年更名为理塘县。现在，纵贯理塘全县的国道318线和省道217线东至成都，西去西藏，南通云南，北上青海，更让理塘成为康南当之无愧的交通、文化、商贸重镇。

理塘最为世人关注的，是前文曾提到的，此地出过两个达赖喇嘛——七世达赖格桑嘉措和十世达赖楚臣嘉措。

达赖喇嘛是清廷对藏传佛教宗教领袖的封号，始于清顺治十年（1653），全称是"西天大善自在佛所领天下释教普通瓦赤喇怛喇达赖喇嘛"。这一长串封号，体现了清代中央政府对藏传佛教的宗教政策和对蒙藏的民族政策，确立了达赖喇嘛的宗教领袖的地位。"普通"即"识一切"，无所不晓的意思；"瓦赤喇怛喇"是梵文"执金刚"的意思；达赖是蒙古语"大海"的意思；"喇嘛"是藏语"上师"的意思。清初的统治者十分重视同藏传佛教的关系，视为国策。乾隆在他所写的《御制喇嘛说》里讲得十分清楚："盖中外黄教总司以此二人（达赖、班禅），各部蒙古一心归之，兴黄教即所以安众蒙古，所系非小，故不可不保护之，而非若元朝之曲庇谄敬蕃僧也。"在政教合一的西藏，宗教领袖即是政治领袖，确实是"所系非小"。

七世达赖法名格桑嘉措，生于清康熙四十七年（1708），理塘车马村人。8岁时在理塘寺出家，9岁时被青海蒙古僧众迎到塔尔寺供养，12岁时（1719）被康熙帝册封为第七世达赖喇嘛，13岁（1720）时入藏，是年9月15日在布达拉宫举行了坐床典礼。七世达赖于清乾隆十六年（1751）开始亲政。据《西藏民族政教史》载："位及帝师而无纤毫骄慢，教证功得内已圆满，仍从他人听闻经纶，曾无暂舍。修证已到高深境界，然举止动静取水脱鞋皆依律而行。富有全藏受用无量，然所着服装每年只换一套。"清乾隆二十二年（1757），七世达赖喇嘛格桑嘉措在布达拉宫逝世，时年50岁。

十世达赖楚臣嘉措也是理塘人。生于清嘉庆二十一年（1816）。其父罗桑年扎，系理塘内都拉布头人。当时西藏寻找到的灵童共有3人，清道光二年（1822），在布达拉宫举行金瓶掣签，抽定楚臣嘉措为第十世达赖。是年八月初八将灵童送到布达拉宫，举行了坐床典礼。清道光十七年（1837）十世达赖楚臣嘉错暴亡于布达拉宫，时年22岁。

理塘历史与文化的亮点，除了是七世达赖和十世达赖等藏族大德的故乡之外，还有远近驰名的长青春科尔寺。

　　时在午后，我们顶着毫无遮拦的阳光前往这座古寺。未进寺庙，寺门几百米开外的道路两旁错落着绛红色的僧舍、白色的佛塔和刻有"六字真言"的嘛呢堆。拾级而上，走进大门，大殿、宗喀巴殿、释迦牟尼殿等主体宫殿从右至左一字排开，气势宏大，雄伟庄重，金碧辉煌。两个多小时的游览、拜谒过程中，寺里的喇嘛平静的面容，热情的讲解，不仅使我们听得入迷，内心更是清和一片。

　　寺内活佛介绍，长青春科尔寺原名理塘寺，为黑教寺庙。明万历年（1580）间三世达赖锁南嘉措途经该地时改为黄教并为其开光，是康区历史最悠久、规模最大的藏传佛教黄教寺庙。"长青"藏语意为弥勒佛，即未来佛；"春科尔"意为法轮，"长青春科尔"意为弥勒佛法轮，标志着法轮常转、妙谛永存。寺庙占地500余亩，坐北朝南，背靠崩热神山和多闻正神山。

　　相传，三世达赖锁南嘉措在安多地区（青海）传经返藏经过理塘时，按途中巧遇的诸多吉祥征兆，在这里看到一处奇境——北面山势特高，像一尊财神盘腿而坐，手持珍宝；西面山岳十分壮观，像一只巨鹏展翅欲飞；东面山岳非常奇妙，像一头巨象曲身而

长青春科尔寺

卧，从北向南伸直长鼻，两腮处的清泉像两条洁白的哈达，从象鼻两侧潺潺流过，左侧是无量寿甘露，右侧为莲花生甘露；南面山峦起伏，奇峰耸立，主峰山腰自然形成一幅十相自在图文。山麓下汹涌的理塘河宛若青龙盘旋而行，中间宽阔的大草原芳香四起，其间肃立着相传当年文成公主进藏时吩咐兴建的菩提白塔，奇观美不胜收，与900多年前印度大师阿底峡尊者在《噶当弟子问道录》中的预言相同。欣喜之下，锁南嘉措在貌似巨象长鼻鼻梁的山岳间兴建了这座长青春科尔寺。在我国藏区，该寺名声非常大，素有"上有拉萨三大寺，下有安多塔尔寺，中有理塘长青春科尔寺"的说法。

寺庙初建时，有喇嘛百余，房屋不多，经济能力也薄弱，在蒙古法王契克阿登和云南丽江的纳西族土司的帮助和扶持下，才又修建了大昭殿、吴王殿。随着寺庙的日益发展和兴盛，在阿扎活佛任堪布时，又修建了顶上大殿，寺庙才初具规模。

主殿和释迦牟尼殿的背后，一排杨树林边，有一片黄墙红门红窗的建筑群。进入其中，院中套院。拐过几条昏暗的巷子，爬上二楼，过道上依稀可见许多带有浓郁蒙古色彩的壁画，虽然暗淡陈旧，部分颜料已经脱落，但人物造型精巧别致，栩栩如生，依然美艳绝伦。再往里走，来到一间仿佛像客厅的大屋，忽然眼前一亮，满眼的壁画、唐卡、佛像及各种奇珍异宝，顿时让我们的两脚定在了地上。这里曾是三世达赖曾经的寝宫，也是"文革"期间唯一未被破坏完好保留下来的地方。屋内有距今1000多年的檀木释迦牟尼雕像，距今800多年的刺绣唐卡，绘于天花板上，罕见的宗喀巴童年时相貌的壁画，以及大量神态各异的金铜佛像等。据说，这些文物之所以能够保存下来，是幸运，更是偶然。"文革"期间，因为这里被当作堆放炸药的仓库，才使那些见证历史、价值连城的艺术珍品幸免于难。

除了三世达赖以及七世达赖和十世达赖外，长青春科尔寺的发展还与香根活佛有着极大的关系。而香根活佛的来历，则颇不寻常。

　　清道光十八年（1838），降生于理塘的昂旺罗
绒益西登地吉成曾为十世达赖转世灵童之一，因金
瓶掣签落选，被册封为"香根（藏语意为达赖的师
弟）"活佛，在哲蚌寺获得格西学位后，任长青春
科尔寺第五十一任堪布，临终前被十三世达赖土登
嘉措册封为康南最高活佛，并授权统管康南教务。
此时，香根活佛名震康南，香根之名也在该寺历代
冠用。民国二十年（1931），二世香根昂旺罗绒登
增次来嘉措大兴土木，在到处讲经募化筹集资金的
同时获得西藏地方政府经济上的支持，扩大了顶上
大殿，维修了吴王殿及除大昭殿两处的公房。为巩
固和扩大理塘寺在康南的力量，二世香根在政治、
经济、文化等方面采取了一系列的措施，尤其在政
治上采取了"郭睦友邻、亲汉近藏"之政策，使长
青春科尔寺在各方面都得到迅速发展，就连国民政
府西康省主席刘文辉也曾送茶叶500驮。

　　经历年扩建，到寺主二世香根时期该寺已有佛
殿、经堂等20多座建筑和20多座活佛宫室，400多
座僧舍起伏错落，形成一组独特、严谨、华丽的建
筑群落，僧侣近4000人，在整个藏区声誉极高，成
为康巴地区藏传佛教格鲁派的圣地。长青春科尔寺
还是目前康巴地区唯一有资格授予格西学位的格鲁
派寺庙。

　　清人陈登龙在《理塘志略》中形象地描述长青春科尔寺："凌
霄耸汉。瓦盖皆饰以黄金，内塑诸玉佛像，百楼镂嵌幢幡宝盖，辉
煌巨丽。供奉万岁宝座，金花玉盏……傍环大小寺数十座，一望重
楼叠阁……"

　　长青春科尔寺以富丽堂皇的建筑、琳琅满目的法器、千姿百态
的佛像、精美绝伦的雕塑和浩瀚的文献藏书等，成为一座当今藏族

长青春科尔寺辩经

宗教、文化、艺术的宝库。其中，三世达赖用过的金色马鞍，三世达赖和七世达赖的脚迹，十世班禅大师的坐床，以及古老刻板佛经《甘珠尔》和《丹珠尔》等，都是长青春科尔寺的镇寺之宝。

在寺庙主殿里的十世班禅额尔德尼·确吉坚赞遗像前，寺内人员介绍，2005年6月，十一世班禅额尔德尼·确吉杰布在

四川举行佛事活动并参观访问期间，特地到这里朝拜了他的"前世十世班禅"。

说到十一世班禅，有人提起了他被确定为十世班禅转世灵童前后的一些吉兆。坚赞诺布出生不久，即被发现舌头上有一个白色的藏文楷书字母"阿"。在藏传佛教里，这是一个神圣的符号，代表了佛的化身。后来，按照宗教仪轨秘密寻访十世班禅转世灵童的人员根据十世班禅大师的逝相以及观湖、占卜所得结论，再结合有关坚赞诺布的传闻，开始进行核查、问试。寻访人员发现，坚赞诺布对宗教器皿极为爱好，拿到手中就不放，还对寻访人员说："我认识你们。"尤其令人惊讶的是，当寻访人员在他家休息用餐时，他抱着寻访人员的糌粑木碗说："我也有一个这样的碗，放在扎什伦布寺里。"

经过反复验证、卜算等一系列程序，坚赞诺布被选定为数名候选男童之一，并经数轮筛选后成为参加在大昭寺佛祖释迦牟尼像前金瓶掣签的三名灵童之一，最终被"法断"为第十世班禅转世真身，法名吉尊·洛桑强巴伦珠确吉杰布·白桑布。

理塘，的确是一块令人感叹的祥瑞宝地。三世达赖在此建造了长青春科尔寺，七世达赖、十世达赖出生于此；十世班禅、十一世班禅都曾在此主持佛事活动……绵延不尽的时间，在这里似乎也优雅了姿态、缓慢了脚步，游人的拜访不会惊扰它的宁静，时代的更替只会增添它的深邃。

嘛呢堆不仅仅是堆于路边、草原和村寨，也堆在了游人的心头；六字真言也不仅仅是刻在嘛呢石或者大山的胸膛，也刻在了观者的脑海；经幡不仅飘在风中，也飘在人们的记忆。唯其如此，祥和、安宁才会永伴着人们的"旅程"，净土才能葆有在心灵的深处。

稻城亚丁仙乃日雪山

18.风中的嘛呢堆

在藏区的草原、牧场、路口、道旁、湖边以及人的足迹能够到达的地方，时时能见到一堆堆刻着佛像和佛教经文的石头，这就是"嘛呢堆"，也被称为"神堆"。

嘛呢堆，藏语称"朵帮"。朵帮又分为两种类型："阻秽禳灾朵帮"和"镇邪朵帮"。前者大都设在村头寨尾，石堆庞大，按下大上小呈阶梯状垒砌，内藏有阻止秽恶、禳除灾难、祈祷祥和的经文，并有五谷杂粮、金银珠宝及枪支刀矛；后者大都设在路旁、湖

六字真言

边、十字路口等处，规模较小，多呈圆锥形，没有阶梯，内藏有镇邪咒文。

　　在藏传佛教地区，人们把石头视为有生命、有灵性的东西。所以，藏族人世代刀笔不停，在一块块普通的石头上刻写经文以及各种佛像和吉祥图案，并饰以色彩，石头就变成了嘛呢石。他们相信，把日夜默念的"六字真言"刻在本来就有灵性的石头上，会带来吉祥如意。"嘛呢"二字是来自梵文佛经《六字真言经》，是"唵、嘛、呢、叭、咪、吽"的简称，所以刻有"嘛呢"的石头就被称作"嘛呢石"。

　　六字真言，是藏传佛教中最尊崇的一句咒语，密宗认为这是秘密莲花部的根本真言，即观世音的真实言教。将整句梵文翻译成汉语，就是感叹句"如意宝啊，莲花哟"！藏传佛教将这6个字视为一切的根源，循环往复念诵，能消灾积德、功德圆满。据佛经所载，雪域藏地，原来颇多妖孽为害，无量光佛为了普度这里的众生，化身为美妙如意的观音降临，开示大明心咒，救度众生有情。据说，距理塘县城18公里扎呷神山上，有一处山岩因自然显现的六字真言而闻名藏区，是藏族同胞和海内外藏传佛教信徒心中的圣地。

　　六字真言以咒语发声的力量与宇宙万物沟通，与自我的内心沟通，拥有巨大的威力。六字真言为藏区石刻中最常见的题材，以六字真言为石刻内容的嘛呢石，把声音的象征转化为图形的象征，据说，将其设置在转经道上，当口诵真言缓缓行走的朝圣者与此石刻相遇，音、画在刹那间相互辉映，具有更大的神力。

关于嘛呢堆的由来，学者们的结论大略为：佛教传到藏区之前，在雪域西藏盛行着原始拜物教——本教。那时的人们出于对变幻莫测的大自然的敬畏、崇拜、迷惘和依恋，大至山川、小到木石都成为他们世世代代顶礼膜拜的对象，无处不在的摩崖石刻与嘛呢石堆，便是这一古老信仰习俗流变的具体体现。

有关史料记载，西藏的摩崖石刻大都形成于10世纪前后，这得益于当时藏传佛教各派系获得了社会各阶层的普遍认知与接受和整个社会经济的发展。13世纪以后，摩崖石刻之风日渐衰微，而嘛呢石刻则几乎不间断地延续着、发展着，成为青藏高原古往今来流传最广、风格品相众多、表现内容和材质手法极为丰富的藏族民间雕刻艺术。

最初，无论嘛呢石组成的嘛呢堆、石经墙还是摩崖造像，都是作为一种"路标"或"地标"而存在，被设置在旅行和转经的山口、路口和拐弯处。从实用的意义来讲，它们可以为行人指示前进的方向，标明行走的线路。这在人烟稀少、地域辽阔的高原显得尤其重要。藏族人自古并不使用牛车和马车，也很少修筑道路，长途跋涉就靠两条腿或以骑马代步。所以，凡是走到看不见路的地带，就会出现一簇簇的石堆，一个接着一个，伸向山顶，伸向天际。在精神意义上，虔诚的信徒们认为，把六字真言刻在石头上送到嘛呢堆就是完成了一份功德。时至如今，藏族人每经过一座"嘛呢堆"时，一般要往石头堆上添一块小石头或一颗石子，作为一次祈祷。丢一颗石子或添一块小石头，等于念了一遍经文。所以，嘛呢石其实就是藏族同胞刻在石头上的追求、理想、感情和希望。

从实用意义的路标到精神意义的寄托，就这样走过千百年。现在，嘛呢堆似乎已不仅仅是藏区同胞心中的神堆了。行走在藏区，随时可见来自内地的旅人双手合十敬拜，他们或给嘛呢堆添上一块石头，或围着嘛呢堆转上几圈，脸上的肃穆映射着内心的庄严。

随着越来越多旅游者的到来，嘛呢石刻，作为古老的藏族传统文化中对佛教崇拜的一种具体表达方式，也渐渐成为广受游客喜爱的一种旅游纪念品。从藏地回程的很多人行囊中都有一块或由朋友赠予或在纪念品小店购买的嘛呢石。

一对到甘孜色达旅行的青年，后来结成了一家。他们在网上发表的一篇游记中这样说：

我和朋友策划了此次川西北之行，但由于要去的线路很偏远，预计路途很艰苦，两个女生又不安全，所以竭尽全力招募男同学参加。最终有三个男生愿意加入我们的艰苦之旅……后来其中高大英俊的熊熊，在旅途中对我细心的照顾打动了我，最终成了我生命中的另一半。

最珍爱的旅行纪念品，可以说是我们两个人的纪念品——一个转经筒，是住在神圣的色达的一个觉姆（藏族女性出家人的称谓）送给我的，是她用了多年的转经筒。我和这位觉姆只有一面之缘，她却把她每天到佛学院上课所用的转经筒送给了我，让我受宠若惊……

老公珍藏的是一块嘛呢石，也是来自色达。在我们的婚礼上，我把我的转经筒作为礼物送给了老公，老公把他的嘛呢石送给了我。现在这两件宝贝就这样摆在我们幸福的小家里……

真是一段异常温馨的记忆。嘛呢石和转经筒，我想，来自康巴藏地的这两种文化符号，对他们来说，绝不仅仅是一个纪念。正如一首叫作"我从高原来"的歌里唱的那样：

送你一片雪域净土让梦醒来，
送你一段神奇历史让心感慨，
送你一身平淡生活幸福万代，
送你一句古老名言善待未来，
给你一片苍茫戈壁让梦越代，
给你一段嘛呢石文让心去猜。
……
我从高原来我从高原来，

带来高原人善良和豪迈，
喜马拉雅山千年的等待，
献出我的爱放歌万呀万里外。
……

初看嘛呢堆上的石头，大都没什么两样。但细品起来，却有着很多不同，这是因为刻石者的雕刻方法和风格不同使然。

据说，藏族艺人刻石，有三种刻法：第一种是浅刻；第二种是在板石上的浮雕；第三种则是三维空间的立体雕刻法。这三种石刻作品一般都要彩绘装饰。嘛呢石的雕刻风格，在早期只注重整体形态的刻画，雕刻的线条比较简单粗犷；而晚期的雕刻则开始注重细部表情的刻画，雕刻线条流畅自如，逐渐细腻起来。

和艺匠相比，藏族普通百姓的刻石则显得"粗陋"一些，造型自然，不拘于规范，完全照自己的意愿去刻。对他们来说，刻嘛呢石虽出于信仰与崇拜，但同样也是一种热爱生活的方式。在虔诚的信徒们的眼里，这些刻着六字真言的石头有一种超自然的灵性，把寄托了自己希望的嘛呢石送到嘛呢堆，能消除罪孽，带来吉祥如意，就像完成一份功德。

那天，在稻城亚丁三怙主景区入口处，我们就见到一位藏族老阿妈正将自己手中一块"粗陋"的石头放到嘛呢堆上去。在我们的请求下，她默默和我们在嘛呢堆前一一合影，脸上纵横的皱纹间有极其安宁的光彩，映照着我们的心灵。

随着人们永不停息的雕刻和堆放，嘛呢堆就遍布了藏区。在一些地方，大小不一的嘛呢石聚集起来，甚至成了嘛呢墙。肖峰介绍，甘孜石渠县就有一座嘛呢石堆起来的城墙——巴格嘛呢墙，高3米，厚2～3米，全长达1.6公里，是世界上最长的嘛呢墙，已经载入吉尼斯世界纪录。

因为时间关系，我们没能前去一睹这座扬名世界的嘛呢墙。但行走于康藏，心灵的震撼却刻刻伴随着我们的行程。比如，那些挂在山顶垭口、河边湖畔、道旁以及嘛呢堆上的五彩经幡。

穿行在康藏山水之间，随处可见的除了嘛呢堆外就是经幡了。之所以叫作经幡，是因为上面都印有佛经。在笃信藏传佛教的人们看来，随风而舞的经幡飘动一下，就是诵经一次，在不停地向神传达人的愿望，祈求神的庇佑。在藏区，经幡是连接人与神的纽带。经幡所在即神灵所在，也即人们对神灵的祈求所在。

经幡有长有短，图案也各不相同。最长的经幡有3~5米长，上面印有佛经和鸟兽图案，颜色或红或白，一般侧挂在广场、寺庙前的经幡杆上。短的经幡一般是呈蓝白红绿黄五色的方形经幡，上面印有佛经和鸟兽图案，往往被穿在一根长绳子上，横挂在人烟稀少的山口。挂在房顶上面的经幡一般是星火无字幡，由上面五块蓝白红绿黄色的幡条和下面一块单色镶边的主幡组成。随风舞动的经幡又被人们称作风幡。

这些五彩缤纷的经幡，其颜色都有固定的含意。蓝幡是天空

路边的嘛呢堆

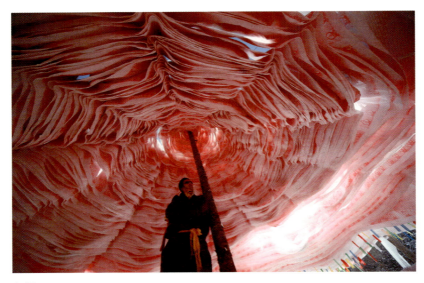

经幡

的象征，白幡是白云的象征，红幡是火焰的象征，绿幡是绿水的象征，黄幡是土地的象征。这样一来，也固定了经幡从上到下的排列顺序，如同蓝天在上、黄土在下的大自然千古不变一样，各色经幡的排列顺序也不能改变。

进入这方天地，嘛呢堆不仅仅是堆于路边、草原和村寨，也堆在了旅人的心头；六字真言也不仅仅是刻在嘛呢石或者大山的胸膛，也刻在了观者的脑海；经幡不仅飘在风中，也飘在人们的记忆里。唯其如此，祥和、安宁才会永伴着人们的"旅程"，净土才能葆有在心灵的深处。

每每看到、想到这些，我就不禁自问——这随处的嘛呢堆、满眼的五彩经幡和萦绕于心的六字真言，也许就是这里成为人们心中"香格里拉"的精神图腾吧。

走在康巴藏区，拜谒各式佛塔，你会发现它们的用料之精良、结构之巧妙、技艺之高超、类型之丰富，远远超出了你的想象。更值得思忖的，是那些佛塔下的人们所带给你的心灵的感悟。"转山转水转佛塔"，对我们这些远道而来的尘世俗子来说，藏族同胞面对佛塔的虔诚目光里、转塔时的不倦脚步里，包含着太多启迪。

理塘寺

19. 神秘的藏佛塔

　　和嘛呢堆、经幡、六字真言的无处不在相比，考察中我们所见到的藏式佛塔虽然在数目上少了许多，但凡是它出现的时候，却往往更引人注目。这不仅是因为其造型相对精美、外形相对高大，更与其来历、所处的场所、规模功用及承载的文化象征意义极大丰富有关。

　　藏式佛塔，是指藏传佛教体系中一种独具特色的佛塔形式。长期以来，由于藏传佛教信徒以造塔作为一种修德积福的途径，无论僧俗都热衷于建造佛塔。藏族地区遂成为当今世界拥有佛塔最多的地区之一。在藏族地区，大小不等、形制各异的佛塔，都有着自

康定塔公草原白塔

己的鲜明特征。从信仰的角度看，它是藏传佛教信徒的一种崇拜对象；从表面形式看，它又是一种别具风格的藏传佛教建筑艺术；从它所蕴含的深层意义去分析，则是藏传佛教的一种象征物。可以说，在整个藏传佛教发展历史上，佛塔始终占有很高的地位，它同佛寺、佛像、佛经一样举足轻重。

在世界高城理塘，就有一个和长青春科尔寺名气不相上下的人文景观——白塔公园。相传，1000多年前藏王松赞干布征服木氏王朝后，与文成公主商量如何纪念这次胜利。后来，为在纪念的同时在康区弘扬佛教，他决定在今理塘县城境内、理塘毛垭草原、康定新都桥各建一座佛塔。此三座佛塔内的佛经分别以白布、花布、黑布包裹。理塘县城境内佛塔是用白布裹的，加之塔内还供有珍贵的宗教文物及夜明珠、火龙珠等稀世之宝，故而名曰"白宝塔"，后来人们习惯简称其为"白塔"，理塘白塔公园也因之得名。

白塔属佛塔中的室外塔，通常建在寺院附近。据介绍，其种类分为神变塔、尊胜塔、善逝塔、法轮塔、天降塔、菩提塔、和好塔、涅塔8种。理塘的白塔属于菩提塔。建塔之初，理塘白塔由119个小塔环绕主塔，形成了别具一格的塔林。白塔主塔外观洁白如玉，上圆下方，气势宏伟，高达33米，外围小塔高2.5米。近观白塔，集中体现了藏民族建筑技艺的精湛，艺术的美妙；远观塔林，肃穆安详，蓝天的映衬使其更显神圣，不同凡响。

和各地的寺院佛塔命运相仿，理塘白塔在40余年前也曾被人为损毁，后来才通过政府出政策、信徒出资金、僧侣们承建，形成了现在集传统与现代工艺、旅游观光于一体的白塔公园，和前期修复的康定新都桥"花塔"、毛垭坝"黑塔"遥相呼应，成为一道当地藏文化奇观。理塘有关人士还特意介绍，白塔内部有一座展翅欲飞的仙鹤塑像，即是前文述及的六世达赖仓央嘉措情歌《仙鹤的翅膀》所化。

在仓央嘉措的诗歌中，也有佛塔的影子。比如那首如今还在被广为引用、传唱的《那一世》：

那一夜，我听了一宿梵唱，不为参悟，只为寻你的一丝气息；

那一天，我闭目在经殿香雾中，蓦然听见你颂经中的真言；

那一月，我摇动所有的经筒，不为超度，只为触摸你的指尖；

那一年，磕长头匍匐在山路，不为觐见，只为贴着你的温暖；

那一世，转山转水转佛塔，不为修来世，只为途中与你相见。

……

在康区名气颇大的佛塔还有道孚县的尊胜白塔。四川旅游局方面提供的有关资料介绍，这座造型雄伟、气势磅礴的白塔，是康巴藏区最高的"郎吉曲登"（意为金刚宝座佛塔）。在道孚，尊胜白塔与尼措山麓的灵雀古刹遥遥相对，为这方天地增添了浓郁的宗教色彩。官方报道中还记载：1986年7月，时任全国人大副委员长的十世班禅大师视察道孚时，谕示教徒："为维护祖国统一、民族团结和藏区的稳定，不分民族，不分地区，不分教派，共建佛塔，以示祝愿。"他还亲笔为白塔题名"郎吉曲登"。该塔于1988年奠基兴工，历时数载，耗资百万，1991年落成开光，对外开放。其时，全国人大副委员长阿沛·阿旺晋美还亲笔题词"发扬班禅爱国主义精神"，以兹纪念。

尊胜白塔由位于中央的主塔和24座小佛塔组成。石木结构，主塔高53.24米，塔基长、宽各28.4米。尊胜白塔是空心塔，塔内有13层，内设木梯，可攀登至塔顶。主塔正面向东，设计经台，南、北、西三方环绕24座造型优美的小佛塔。大小塔均呈宝瓶状，主塔高大巍峨，小塔玲珑峻峭，极具民族特色。

尊胜白塔之外，道孚境内著名的慧远寺门外还分列着两行白塔，名为千菩提塔，又称善愿塔，每个塔代表信众的一个善良愿望，这在康藏地区非常少见——覆钵塔建筑的白塔，在康藏地区几乎是个特例。千菩提塔有一个非常明显的特征，那就是把两排覆钵塔的塔身统一建筑在两个高大塔基之上。所以这些塔仅是塔座及以上的覆钵等各自独立，塔基却是整体的，也就是一个塔基驮着好多

康定塔公扎西寺经幡林

小塔的"塔群"。

说到慧远寺,还有一段传奇。据介绍,藏语中,惠远寺称"噶达强巴林",意为"解脱"。寺庙位于道孚协德乡境内,站在省道303公路上远眺,多有柔和的皱褶,犹如盛开的莲花。盆地内溪水叮咚,远有森林牧场,近有村社农田,地势平坦,风景秀丽。传说,七世达赖格桑嘉措幼年经过时看到此处山水奇异,发愿说以后要在此处酷似莲花的坝子上建造一座宏伟的寺庙,后来这一预言果然应验。史载,在布达拉宫坐床后的雍正七年(1729),因西藏局势不稳,清政府曾请格桑嘉措避难于此。所以,作为七世达赖曾经的驻锡地,慧远寺在整个藏区享有"九龙(代表中央政府)九狮(代表西藏地方政府)"的崇高地位。另外,十一世达赖凯珠嘉措在此地一个小山村的降生,更使这块莲花宝地充满祥瑞之气。

其实,白塔并不是仅在藏区可见。很多人都知道北京就有著名的妙应寺,早期的有关北京的宣传品上,妙应寺白塔甚至一度成为这个城市的标志。不仅如此,在凤凰卫视播出的一档节目中,著名学者王鲁湘对节目嘉宾首都师范大学藏传佛教艺术研究中心主任谢继胜进行的访谈中,还解读出了更为深刻的意义——

"我想起一件事,我插队的时候,跟着一个师傅学习绘画,当时我们就在玻璃上画一幅画,画什么,就是画那个玉带桥,然后在那个桥边上再画一个白塔,旁边写几个字——'北京风光',然后送到各处。这就是说那时候人们就把这个白塔作为北京城市的标志。"

"以北京为例,从元代开始,一直到清代,这个白塔一直是北京城市的一个象征。白塔内的大威德金刚不仅是藏传佛教格鲁派的护法神,同时是北京的保护神,当意识到这点的时候,我感到很震撼。"

"比方说我们在听相声的时候,听到'打南边来个喇嘛,手里提了五斤塔蟆'。你看当时在北京居住的藏人是很多的。我觉得,这是汉藏文化交流的一个大事。这个喇嘛塔,类似的白色喇嘛塔矗立在首都北京,象征着这个王朝对西藏的主权，也同时让中国和世界各地的人看到，我们是跟西藏时时刻刻连在一起的。"

看来，除了宗教、文化上的载体外，无论藏区的佛塔还是遍布全国的佛塔，还承载着重要的政治意义。这是包括我在内的很多游人都很少意识到的一点。

妙应寺就是人们俗称的白塔寺，始建于元代，原名大圣寿万安寺，寺内的白塔是中国现存年代最早、规模最大的喇嘛塔。明宣德八年（1433），宣宗敕命维修了白塔，天顺元年（1457）重建后命名为"妙应寺"。清代中后期，僧人们将配殿和空地出租，并逐渐演变为北京城的著名庙会之一，每到逢年过节，这里就热闹非凡，以至在北京民间形成了"八月八，走白塔"的习俗。据载，乾隆皇帝曾命人在塔刹内放置一批镇塔之物，均为佛教的稀世之宝。1900年，八国联军攻占北京，曾冲入妙应寺将法器、供器等席卷而去。1961年，妙应寺白塔被国务院公布为第一批全国重点文物保护单位之一。

白塔只是藏区佛塔中的一种。史载，佛塔在汉代随佛教传入中国，后汉末年已经风行全国了。《后汉书》上的"大起浮屠。上累金盘，下为重楼，有堂阁周回，可容三千许人"，就是当时佛塔建筑宏大与华丽的真实记载。千百年来，佛塔在藏区随处可见。作为崇拜的对象，露天而建的佛塔在西藏供信徒绕转；高僧大德圆寂后装藏真身法体或遗骨的佛塔，称为灵塔，是为供养对象，多建在室内，供信徒前来朝拜。

藏族佛塔的种类很多，形态各异。从建筑材料上看，有泥塔、石雕塔、土塔、木塔、砖瓦塔、玉塔、铜塔、银塔、金塔；从数量组合上看，有独塔和群塔，独塔有大有小，群塔则大小一样；从塔的性质上看，有佛塔、殊胜塔、肉身灵塔和舍利骨灰塔；从颜色上看，有白色、红色、黄色、黑色、绿色，但以白色居多。

走在康巴藏区，拜谒各式佛塔，你会发现它们的用料之精良、结构之巧妙、技艺之高超、类型之丰富，远远超出了你的想象。更

值得思忖的，是那些佛塔下的人们所带给你的心灵的感悟。"转山转水转佛塔"，对我们这些远道而来的尘世俗子来说，藏族同胞面对佛塔的虔诚目光里、转塔时的不倦脚步里，包含着太多启迪。

康巴藏区乃至其他各地的佛塔中，一般都供有圣物、佛像、佛经、贵重财物、五谷等。所以，信众们都相信转塔就是汲取这些供物的力量，能够获得精神的引领、人生的参悟。在当地朋友提供的一份资料中，有这样一段颇有代表性的话：

世尊说，"任何一个能够看到佛塔的人，都将会获得解脱；任何一个在佛塔附近能够感受到微风吹拂的人，都将会获得解脱；任何一个在佛塔周围能够听到铃声的人，都将会获得解脱。而任何曾经看见佛塔的人，借由回忆当时的情景，也将会获得解脱。"

由此看来，佛塔之于香格里拉，已是一个不可或缺的、实实在在的图腾。走出康巴，我唯愿人人心中都有一尊佛塔，并能时时"借助回忆"，获得其人生的安乐和吉祥。

　　"钱学森之问"是一道不容回避的命题，需要整个教育界乃至社会各界共同破解。那么，立于海子山上，我们是不是也可以发出中国生态旅游产业的"稻城亚丁之问"——当大自然向我们献出"最后的香格里拉"，当"蓝色星球上最后一片净土"对着我们张开怀抱的时候，我们真的准备好了吗？

稻城亚丁风光

20.稻城亚丁之问

你可能见过秀丽的千岛之湖，但你见过奇异的千湖之山吗？

在当今世界，你能找到一片既遍布了古冰川时代的蛮荒与宁静，又集中了今人永不停息的探寻和思考的所在吗？

从理塘南下赴稻城，继续是一条天路。然而，却和先前任何一条我们走过的高原之路都大不相同。似乎是忽然之间，道路两侧大片的草原不见了，巍峨的雪山也隐退成背景，一个似乎只在科幻大片里才能见到的"幻境"铺在了我们的视野里。

康定木格错风光

　　这是一片无边的、石头的海洋。仿佛天神一掌荡平了所有的大山，然后又将所有的巨大或渺小的极不均匀的石块均匀撒在了理塘、稻城两县之间上百公里的高原之上。于是，石块压着石块、石块垒着石块、石块蹭着石块、石块抱着石块、石块牵着石块、石块拥着石块……树木、野草也只是偶尔丛生，一切都消失了，除了石头外，还是满眼的石头。然而，造就了这嶙峋世界的天神，似乎也意识到了这片荒原的苍凉，不满于它的单调，于是又从随身的宝囊里抓出一把钻石，随手一撒，大大小小的海子（高山湖泊）便散落在石块的丛林，以其晶莹剔透连通了天地的心情，以其纤尘不染倒映着白云的心情……

　　面对如此奇异的世界，有一刹那我甚至觉得眼前并不是一个真实的存在。想说的任何话语，也都在即将出口的一瞬间，变成了无声的感叹。

　　这不可思议的石头的原野、海子的世界，到底如何造就？所有人的心里都有这样一个疑问。

　　多次穿行于这片石海的甘孜州的同行们介绍，这里是青藏高原最大的古冰体遗迹，"学名"即稻城古冰帽。其南北绵延93公里，东西分布47公里，总面积达3287平方公里，平均海拔4500米。他们介绍，"广袤石头间，有1145个大小海子星罗棋布，密度全国第一。所以，这里被人们称作'海子山'"。

　　甘孜州旅游局提供的资料上，对海子山的形成有着更为详尽的介绍。古冰帽也叫古冰盖，是第四纪冰期被冰川所长期覆盖而留下来的遗迹。稻城古冰帽的形成主要得益于青藏高原的隆起，亿万年

前，由于青藏高原的强烈隆升并达到临界高度，高原季风骤起，一举改变北半球大气环流，大冰期形成。尽管第四纪冰期中青藏高原是否有大冰盖存在科学家们还在争论，但局部冰盖是存在的，稻城古冰帽便是其中最大、最典型的一块。后来，随着全球气温的回升和间冰期的到来，冰盖逐渐消融、冰川退后，一片古冰川遗迹便在冰期与间冰期的反复中逐渐形成。

海子山丰富的地质遗迹，对地质学家们来说是个绝好的研究对象。有关研究报告如此描述："类型为角峰、古冰斗、U形槽谷、冰蚀洼地、冰斗湖等类型丰富、形态完整的冰蚀地貌及终碛堤、侧碛堤、冰川基碛、蛇形丘、羊海子山背石、冰川漂砾等完整的冰川堆积地貌。"

站在巨石间，极目远眺，天地无止无境，是一种摄人心魄的壮观；俯身海子边，伸手触摸，湖水寒冷刺骨，有不少冷水鱼欢畅地穿梭。就在远近之间，偶尔也有飞鸟滑过视野，与身边的湖石上露出的茸茸小草、小花遥相呼应着，于无边的荒凉间摇曳出生灵惊心动魄的美丽。

真是"蓝色星球上最后一片净土"！

据说，对于海子山，游客的反应有很多不同，有人喜其"蛮荒"，下了车便不舍离去，有人则厌其"恐怖"，匆匆逃之夭夭。但不管怎样，海子山给人的震撼确实是重量级的。刘勤进说自己初次看到海子山的感觉，"简直是到了天外星球，科幻世界"。

他介绍，海子山目前是一片尚未开发的自然生态区。大多时候人迹罕至，当然，也有一些来自国外的背包客偶尔深入其间。

"他们三三两两，有时干脆就是一个人，步行走进去，一待就是几天。"他说，"他们将帐篷搭在乱石间，饿了有自带的食物，渴了就直接掬一捧湖水。住在里边，是为了体验那种极致的安静，还是为了完成生命的冥想，不得而知。"

其实，海子山上并不是一片"生命的荒原"。真的深入其中，你就会发现生命在这里并不是孤独的，它是许多野生动物的家园。

有关资料介绍，海子山下有一条磨房沟，是通向海子山深处的山溪小沟，全长43公里。沟内牧草丰茂，溪流潺潺，高原黄鱼成群穿梭。山峦、草场的灌丛之中，旱獭、野兔、藏雪鸡等小动物随处可见。海子山还曾是恐龙的家园。1982年，我国科学家就在海子山中部的兴依错湖边，发现了恐龙牙齿化石。

兴依错，是海子山最大的高山湖泊，海拔4420米。兴依错藏语意为"献湖"，藏民视之为圣湖。它为三湖相连，呈三角形，面积约7.5平方公里，是常年淡水湖，湖底呈锅底形，一般深3米左右。湖中盛产珍贵的高原黄鱼，湖周地势夷平，牧草茂盛，有成群的黑颈鹤、野鸭、白唇鹿，野羊、野猪等在湖边栖息。湖水碧绿沉凝，鱼翔浅底；湖边乱石铺天盖地，气势宏大。一位历尽艰辛，在乱石间步行穿越了几十公里才有幸"寻找"到兴依错的驴友在游记中这样描述了他的经历及感触：

> 听说兴依错那里有黑颈鹤，有白唇鹿，有熊、豹，有狼……我想象兴依错躺在海子山的群山深处，巨石环绕，静如处子。而当我真正面对兴依错时，才知道我想象不到的有很多。
>
> 不久，我们就爬上了山顶，一个更大的海子映入眼帘，它如此安静，在没有爬到山顶前是想象不到一个这么大的海子会躺在这里的。这就是兴依错了，一条由石头垒成的狭长陆地深入海子，尽头的一颗最大，有三层楼那么高。……我们脱去鞋袜，渡过河水，河水微凉，河底的沙粒灰白，清晰可见，河水仅及小腿，轻柔地滑过……绫罗绸缎般舞动过我的双腿。我想只有海拔高处才有这样的河水，而这小河要比大河更让我陶醉，它太安静、太清澈了。
>
> 通过望远镜我看到一只全身雪白、头部黑色的大鸟立在一块大石上。不一会儿，突然煽动起一对巨大的白色翅膀向对岸飞去，紧贴着水面，眨眼间就无影无踪。
>
> ……

稻城海子山

我想我还会再去海子山的。

我想念海子山，它比亚丁更让我着迷。

我想起铺天盖地的巨石和它下面的涛涛水声，我不停地从一块岩石跳向另一块岩石。

我想起长长的沙滩、脚印，被泛着白色泡沫的海水轻轻冲洗着。

我想起那对巨大的白色翅膀离水面不足3米，缓缓扇动着却瞬间就消失了。

我想起浅浅水凹里细小的鱼群，它们洁净而自由地游动着。

我想起在万籁俱寂的水面，一只仙鹤突然高亢的那声嘶叫。

我想起我喝的第一口海子的水，是那么甜。

我更想念那条穿行于沙滩间的小河，只有七八米宽，二十厘米深，我赤脚踏入河中央，踩在河底的沙粒上。我愿意躺在河中央的沙床上，迎着水流，赤裸着，静静的，河水刚好没过我的身体，轻轻地流过我的肌肤。我想在这个星球的最高处，透明着，永远都不会醒来。

……

如此真切的情感、纯净的文字，将我们这些与兴依错擦肩而过

的人，带到了兴依错湖畔的那片净土。他一连串的"我想起"，看似回忆，却又像一种不停的召唤。我们，更多的朋友们，何时才不会总和净土擦肩而过呢？

海子山以及几十公旦之外的稻城亚丁，是我国目前保存最完整、最原始的高山自然生态系统之一，呈现出世界级的高山峡谷自然风光，是中国香格里拉生态旅游区的核心景区之一。

"但是，多年来交通成为制约景区发展的最大瓶颈。" 四川省旅游局局长郝康理说，"目前，进入稻城的唯一交通方式是公路，距成都920公里，路况较差。"

距稻城县城不足50公里的时候，我们来到了正在兴建中的亚丁机场。建设者们介绍，稻城亚丁机场海拔高度4411米，超过海拔4334米的西藏昌都邦达机场，是世界上海拔最高的民用机场，2012年年底就可以试航，预计2013年起正式通航。将开通成都、重庆、昆明、贵阳、西安等地的航线，年游客吞吐量预计为50万人。

"机场建成后，成都游客可以1小时到达稻城。"郝康理说，"目前亚丁正在申报世界自然遗产，希望通过5年的努力，在川西地区形成"北有九寨黄龙，南有稻城亚丁"的格局。作为四川省旅游重点项目，此次与稻城亚丁机场集中开工的项目还包括亚三路（稻城亚丁—云南三江口）、理亚路（理塘县—亚丁）、亚丁机场候机楼及民族文化艺术展示中心、香格里拉开发项目（二期工程）等6个项目，项目总投资32.18亿元。

"目前，为了解决旅游接待与生态环境之间的矛盾，海子山、亚丁神山等景区实行的是'只能游，不能住'的办法。"郝康理介绍，"并且，景区内不设消费场所，尽量不产生生活垃圾，减少对环境的压力。"

"机场建成后，成倍数量的游客到来之后怎么办？"我问。

"在可进入性得到解决的同时，我们的规划中，也对生态环境保护，从旅游开发和游客游览两个角度，作出了严格的限定。" 郝康理说，"在开发上，分为禁止开发区、控制开发区、优先发展区、适度开发区，以及严格的项目准入管理。在游客管理上，对容量流量控制、游人行为规范、垃圾自动收集等也作出了明确规定。"

规划如此，落地还需要下一番工夫。同时，除了旅游开发者、建设者、管理者的努力外，未来的环境保护尚需到此的游客们主动、积极地配合。

越野车驶离亚丁机场建设工地，我忽然想起中国教育界著名的"钱学森之问"——为什么现在我们的学校总是培养不出杰出人才？

对于中国教育事业发展，这是一个不容回避的追问，需要整个教育界乃至社会各界共同破解。那么，立于海子山上，我们是不是也可以发出中国生态旅游产业的"稻城亚丁之问"——亲爱的游客朋友，当大自然毫无保留地向我们献出"最后的香格里拉"，当"蓝色星球上最后一片净土"对我们张开了它的怀抱，我们真的准备好了吗？

亚丁三神山

稻城亚丁告诉你

Story of Daocheng Yading

第五部分

香格里拉之巅

佛光，佛诞日！2012年的稻城亚丁之行，虽未清晰目睹三怙主雪山的尊容，但漫步于山谷的草甸、海子边，我们拥有了一种同样难得的幸运。这是香格里拉之魂——稻城亚丁对钟情它、爱护它的人们的一个无言的馈赠吗？

有句老话，"看景不如听景"。所以，亲身步入景区之前，我是在内心做了某些准备的。如果，亲眼所见并非如图片上的宣传；如果，亲身所历并无游记中的梦幻；那我该如何藏起那份"不逢时"的遗憾？毕竟，时在初夏，亚丁最美的秋天，离我们还有很远。然而，接下来发生的景象，让我顿感前所未有的震撼！

稻城亚丁神山

21.稻城亚丁之光

在《消失的地平线》中，希尔顿两次提到过甘孜的一个地方——"稻城府"（《第十一章》《尾声》），这是"中国香格里拉生态旅游区"范围中被该书明确提到的唯一地名。近年，随着当地旅游营销的推动，以及大量游客的口口相传，稻城亚丁拥有了两个异常响亮的别称："蓝色星球上最后一片净土""最后的香格里拉"。

何谓净土？一首叫作《最后的香格里拉》的歌曲唱道：

稻城，西边的太阳落了，
亚丁，雪山也不再说话。

有一匹白马，
奔驰在雪山下。
因为远方有它的家，
稻城亚丁——最后的净土，
那是人们寻找的香格里拉。

骑马的少年，
奔跑在斜阳下。
因为远方有他的家，
稻城亚丁——最美的净土，
那是人间最美的酥油画。

在我们落脚的亚丁驿站房间里，一大本精美的画册展示着亚丁超凡脱俗的美；在去往亚丁景区的路上，刘勤进以及当地旅游局的同仁，介绍着游客们来到这里的感受。

　　圣洁——"突然，眼前大片大片的雪山，超级宽幕电影样的视觉，带着阵阵冷风，屹立在我们面前，白色、白色、白色，皎洁的颜色，清冷的质感，不言而喻的压迫感，从没有过的那么圣洁！从没有过的清澈！从没有过的宏伟！近得可以让你一伸手抚摩到它

稻城亚丁三神山

的山顶，冰冷得可以让你颤抖，清澈得可以让你的心从此新生，处子般的圣洁和神山的宏伟让你不由得想伏地膜拜……衬着遥远处的洁白洁白的央迈勇，我的思想一片空白！"

梦幻——"你看，西边皎洁的月亮，东边太阳最后的余晖，照射到了神山的头顶，是金色的，热烈，洁白又耀眼！在黑夜与白日交换的瞬间给我们最美丽的礼物。有一刻，我不敢相信自己的眼睛，我是不是在梦幻当中？"

震撼——"这真是一次从未体验过的神奇之旅，当神山一座座地揭开面纱时，开始我还兴奋地用相机不断地拍摄，当第三座神山展露真容后，我被它的美艳、圣洁、威严震撼了，我的镜头不再对准这千载难逢的美景，感觉是对它的一种冒犯，我要用眼睛、用心灵去欣赏、去体会。"

绚烂——"仰头，比金黄更深的熟黄的雪松映染在蔚蓝的天空，风动，欲舞不止，带着几近黑色的树干和枝条如泼墨般洒向无际的天边，金黄色的松针，弥漫在泼墨的周围，透明的、浓郁的、绚烂的……像织网般缠绕着枝条又轻轻飘舞在空中的，是无数青绿色的松萝，比丝巾还要柔滑，比青烟还要袅袅，比美梦还要绵长，长长短短地斜倚着，追着风……"

……

有句老话，"看景不如听景"。所以，亲身步入景区之前，我是在内心做了某些准备的。如果，亲眼所见并非如图片上的宣传；如果，亲身所历并无游记中的梦幻；那我该如何藏起那份"不逢时"的遗憾？毕竟，时在初夏，亚丁最美的秋天，离我们还有很远。然而，接下来不断展现在眼前的景象，让我感到前所未有的震撼。

从景区售票处往里走，远处的雪山隐隐约约、时隐时现；近处的树木也并不茂密，只是稍有几分嫩黄掩映在绿意当中，并无如上游客的游记中渲染的景致。

然而，随着电瓶车不断往前，便进入了一道深深的峡谷，似乎就在不经意间，两侧有峭壁陡然升腾而起，我们的视野一下子被压缩为一片并不广博的天空。顺着匆匆高山灌木往上看，一座峭壁连着一座峭壁，仿佛突然凝固的大山的波涛。线条是冷峻粗犷的，像国画里的皴笔一般有力；山形是近乎直上直下的，像传说里大力神的刀削斧劈。时而会有束束阳光穿透浮云，将灌木的叶子染成片片的金黄。未近深处已有如此景色，人们纷纷要求停车，举起了相机。

"更美的还在里面，走吧！"当地同仁提醒。

于是电瓶车蜿蜒而行，很快就将我们带到了亚丁腹地。一条溪流不知何时欢腾地来到了我们脚下，葱茏的草甸也在眼前铺张地展开，任溪流自由自在地蜿蜒其间，时而在大片的绿色中闪现着点点晶莹。进入甘孜藏地以来，如此美丽的小溪、草甸我们在新都桥见过，在雅江至理塘的天路上见过，但因为背景不同，那些小溪与草甸似乎缺少让人长时间驻足的理由。

而站在此刻的亚丁景区腹地，我们似乎已经舍不得迈开脚步。似乎是为了给脚下蜿蜒的小溪、葱绿的草甸以及草甸上从容散步的牦牛以更大的舞台，刚才的峭壁蓦然退后了，它们先是变成舞台的背景和衬托，然后又随着视野的不断开阔，在更加高大的背景下也渐渐成为舞台的一部分——三座呈品字形排列的大雪山出现了，在它们的磅礴气势下，峭壁少了冷峻、小溪变得温柔、草甸与徜徉其间的牛羊，都变成了和我们一样的朝觐者。只是，因为终日的陪伴，它们的"表情"比我们更显从容，"心情"比我们更加虔诚吧？

神圣的三怙主雪山终于离我们近了很多。因为云雾的遮掩虽然看不真切，但云雾恰恰给其高大增添了几分神秘。

稻城县旅游局局长黄大江以极其熟稔的口吻，向我们介绍着三怙主神山的由来：

三怙主，即仙乃日、央迈勇、夏诺多吉的总称，藏语称念青贡嘎日松贡布，意为"三座护法神山圣地"，方圆千余平方公里。

相传，8世纪，藏传佛教传入者莲花生大师来到稻城亚丁，为三座雪峰开光，并以佛教中的三怙主，即观音、文殊和金刚手分别为它们命名加持。从此，三座雪山化作三尊菩萨蜚声藏区。

北峰仙乃日，即观世音菩萨，海拔6032米，是三大高峰之首，外形如一尊端坐在莲花台上的大佛。南峰央迈勇，即文殊菩萨，海拔5958米，那金字塔般的山峰如少女般挺拔秀美、冰清玉洁。东峰夏诺多吉，即金刚手菩萨，高度与央迈勇不相上下，状如阳刚少年，又像一只展翅欲飞的雄鹰。

关于三怙主神山的传说有很多，这里仅复述流传甚广的版本之一。很久很久以前，"三怙主"原在另一个地点即稻城县蒙自乡机能村北的山峰中(现为机能村神山)"居住"。在那里，它们也是呈"品"字形相互守候着。后来，由于沧海桑田之变，冰雪消融，失去了往日的风采。于是，佛降旨安排三位真神"迁居"亚丁。一方面，它们不愿离开住惯了的圣地；另一方面又不能违背佛的旨意。只好在到了亚丁的同时，向佛提问何时才能离开。佛说：只要石头开花、马生角、你们全身变黑，就可以离开此地。

"看来，冰雪一旦消融，真神也无法寄身。"对如上传说，有同仁感叹，"当生态环境遭到破坏，洁白的雪峰会变成了黑色的石头，连神仙都无法居住，何况人类！"

我们继续朝着三怙主雪山前进，同时期盼着山顶的云雾能够移开，能够欣赏到三座神山的真容，或者日照金山的灿烂奇景。

"这个季节，要一睹神山真容不大容易。"黄大江说，"但是阳光好的时候，也有可能。"他的话让人在失望中保持着希望。

当年，在中国云南、四川等地考察、居住了27年之久的洛克，曾经两次到访稻城亚丁。他的考察笔记显示，超过两周的逗留，才让他拥有了一睹三怙主神山真容的幸运：

"夜幕降临了，我坐在帐篷前面，面对着藏民们称为夏

神山佛光

诺多吉的巨大的山峦……此时云已散去了，雷神的光彩呈现在眼前，那是一座削去了尖顶的金字塔形的山峰，它的两翼伸展着宽阔的山脊，像是一只巨型蝙蝠的翅膀……"

"仙乃日峰外形像是一个巨大宝座，好像是供活佛坐在上面沉思用的——它真像是藏族神话中天神的椅子。"

"在我面前的晴朗的天空衬托下面，耸立着举世无双的央迈勇雪峰，它是我见过的最美的雪山。"

……

时距天高云淡的秋季尚远，我们也没有洛克那样充裕的时间。于是只好在内心里安慰着自己，"机会还有，下次再来"。

似乎是作为补偿，一位女同事指着远处的夏诺多吉雪峰，惊奇地叫起来："看啊，那像不像一尊菩萨？"

顺着她指的方向，我们果然看到一个外形酷似金刚手菩萨的佛像，展现在雪峰的立面上。很多同事都拍下了这个场面，可惜的

雪峰佛姿

是，佛像前胸的中央似乎有一道深色印痕，郝康理说，那是积雪融化流下雪山时的水道。

不见神山真容，却睹菩萨佛姿，也算是一种难得的奇遇了。拍完佛姿，我们满足地走向一处游客服务中心，准备稍事休息。就在此时，一个更大的奇遇正在向我们走来——

夏诺多吉雪峰朝我们展现着那处佛姿的同时，有一道彩虹出现在它前边的天空上。开始并无特别的惊奇，但一个细心的同事发现，与别处也曾遇到的彩虹不同，这道彩虹正在不断延伸。

"彩虹在变！"他喊道。大家惊异地一起抬头往上看，果然，那彩虹在延长，不一会儿，就在夏诺多吉雪山前边的一座尖峰之顶，连接成了一个巨大的五彩光环，中心点是仿佛正在燃烧的一团火——太阳。

"这不能叫彩虹，应该是佛光！"有人忽然说道，"这是难得一见的、完整的佛光啊！"他的感叹让我们变得激动起来。有人端着相机拍个不停，有人虔诚地双手合十默默礼拜。

这时，黄大江的一句话，让我们顿感无限的神秘。他说："今天阳历5月28日，正是四月初八佛诞日！"

"真的吗？"有人将信将疑。

"没错！"答者口气坚定无比。

惊异连着惊异，惊喜连着惊喜。人们的兴奋度一下子被点燃了。有人立即用手机将这一奇遇发在了微博上，结果引发了大量好友的转发、网友的跟帖。

"佛光，佛诞日里的佛光！我到亚丁至少十几趟了，从未有过如此幸运！"当地一位藏族干部激动地说，"人生奇遇！真是人生奇遇！"

2012年的稻城亚丁之行，虽未清晰目睹三怙主雪山的尊容，但漫步于亚丁山谷的草甸、海子边，我们不但目睹了夏诺多吉峭壁上的佛姿，还拥有了一种堪称罕见的奇遇。算是香格里拉之魂——稻城亚丁给钟情它、爱护它的人们的一个无言馈赠吗？

　　"初因避地去人间，及至神仙遂不还。峡里谁知有人事，世中遥望空云山。"仰望佛光，我想起来时的路上，越野车音响里曾反复播放过的那首《静静的冲古寺》。此刻，远处的佛姿、眼前的佛光，被那空谷足音般的旋律调和在一起，在我心底、脑海交融着，构成了终生难忘的一大奇遇。在一个独特的日子，在最后的香格里拉，我们获得了一种只有攀上香格里拉之巅才能拥有的感受。

　　　　几个朝圣的人，
　　　　叩响了天界的寺门，
　　　　把一种真诚的命，
　　　　献给冲古的神灵。
　　　　夏诺多吉的雪花，
　　　　卓玛拉错的月光，
　　　　交给了不懈的风马，
　　　　交给了冲古寺。

　　　　几个朝圣的人，
　　　　叩响了天界的寺门，
　　　　把一种真诚的命，
　　　　献给冲古的神灵。
　　　　夏诺多吉的雪花，
　　　　卓玛拉错的月光，
　　　　交给了古老的经幡，
　　　　交给了心静的人。

造访者的"深入"与目的地的"神秘"总是一对矛盾，但深入总是"有限"的，这种有限恰恰会使某种神秘得以保留。所以，把握目的地与旅行者之间的"距离"，应该是旅游规划者、开发者的一个硬功夫。美国作家史丹利·奥沙宁斯凯在《一种新理念的诞生》一文中的描写，以及提供给光临者的建议，或许对我们不无启发。

香格里拉高山湖泊

22.留住那份神秘

告别佛诞日里神秘的佛姿，罕见的佛光，我的心里久久不能平静。是纯粹的巧合，还是冥冥中真的有另一个神秘的、不为我们这些常人所知的世界？

日常经验告诉我们，当某种秘境遥不可及，根本无法抵达、无从触摸时，人们往往不会对其产生现实的欲望；相反，当期待已久的美景的获得过于轻易、过于直接时，其分量往往又会打不少折扣。只有那些不期而遇的奇景，才会给旅游者们以最大的惊喜。对他们而言，"有限进入"却享受到了"无限神秘"是一种最为美妙的感觉。

所以，从成都出发经康定、泸定、雅江、理塘，最后进入香格里拉重要核心区稻城亚丁的一路上，我们不止一次结合《稻城亚丁概念性总体规划》的落地，谈到交通条件改善尤其是稻城亚丁机场建成之后的景区发展、游客管理以及旅行者感受如何被满足、被调动、被营造等问题。

以往，进入亚丁风景区的唯一交通方式是公路，距成都920公里，路况较差，游客经成都到稻城亚丁至少耗时近两天。按照规划，机场建成后，成都到亚丁的时间将缩减至1小时左右。另外，还将开通亚丁到丽江航线，最后形成与重庆、成都，云南香格里拉、昆明、九寨沟以及康定的空中环线。

"最后的香格里拉"不久将开始除去神秘的面纱，使更多游客的梦想变得现实起来。那么，这"蓝色星球上最后一片净土"会不会因为大量游人的到来而"热闹"起来？神秘的香巴拉胜境，会不会因变得"触手可及"而和某些曾经的"秘境"一样，演化成未来不远处的一种"司空见惯"？看来，通过某种手段使游客"有限进入"，是一种理所当然。

事实上，多少年来无论朝山者还是游客，来到亚丁也不可能如入平川。首先是海拔的限制，其次路径的艰难。经过长途跋涉，进入亚丁三怙主脚下的人们大多已经气喘吁吁，要无限接近雪山，甚至贴近他们的胸膛，倾听三怙主的心跳几乎是不可能的。很多人都曾用"身体在地狱，精神在天堂"来形容进入亚丁腹地、远望三怙主的过程，进入天堂是每个人的意愿，但有多少人能够真的经受住此前的地狱般的考验？一位游客游览过亚丁之后，真实记录了那份艰辛——

"……马路又变成了溪水流淌的碎石路，路况极其简陋，无从下脚。山谷也开始变得陡峭，连马都站不住，我就亲眼看见一匹马的前蹄两次站立不稳，跪了下来。这段碎石路，也是整个牛奶海徒步中最令人刻骨铭心的一段。有多少驴子，就被挡在了这段路上而与牛奶海、五色海失之交臂。"

"在我竭尽全力下，无法再向上迈出一步，每10米我都会气喘吁吁，需要休整十来分钟，空气的稀薄，外加上天气的变化，天空中飘起了雪花……知道自己经过近7个小时的高山跋涉，体力透支，无法到达本次目的地。只好重返洛绒牧场，在三座神山的山脚下，寻找灵感。"

或许，就是大自然为了维护香格里拉胜境而设置的天然屏障吧，有了这一屏障，它的神秘才注定为大多数常人所不知，也注定

成为越来越多的人们心头的诱惑。

在稻城亚丁，远道而来的人们除了久久的遥望、不断的攀越外，更多的是通过口口相传的故事，或者有关记载来领略它的神秘。而当地藏民，则更多的是通过转山表达着他们的崇敬和心底的渴望。

据《三怙主雪山志》记载，法王噶玛巴曾称赞此地为"一切之主是三怙主雪山"。莲花生大师也曾有诗赞曰："嶙嶙怙主雪山如坛城，无数宝物建无量宫。圣洁莲花日月法座，空行母扩法神守。"当地藏民都相信，敬奉朝拜三怙主雪山，能实现今生来世之事业，更能找到心灵的归宿。他们以转山的形式对三怙主进行朝拜，一生不息。转山是藏族同胞对"神灵"最为虔诚的表现。据说，在信众们看来，"转山一次相当于念一亿嘛呢的功德，转山3次，能消除屠杀8条人马的罪恶……"黄大江介绍，藏区的百姓，也有着"一生当中至少来一次念青贡嘎日松贡布转山朝觐"的夙愿。漫长的转山过程中，藏民们让身体最大可能地亲近神山，让耳朵聆听佛的声音，脚步每一次的抬移，经轮每一次的转动，眼睛每一次的凝视，都会在他们心中产生极大的满足和幸

亚丁仙乃日

福,为了转山,他们愿意把汗水甚至生命留在路上。作为远道而来的常人,我们也许无法体会他们转山时的感受,但驻足圣洁雪山的环绕之地,我想我们都会理解,并渴望那种毫无杂念的虔诚。

除了三座雪山外,三怙主脚下的海子也各有各的神奇,是人们朝觐的对象。

藏语名为"丹增错"的五色海,位于仙乃日与央迈勇神山之间,海拔4600米,湖面呈圆形,面积0.7公顷。由于光的折射,海子表面会产生5种不同的颜色,五色海因此而得名。五色海是藏区与西藏羊卓雍错齐名的圣湖,其最神秘之处,据说是能"返演历史,预测未来"。每次寻找达赖或班禅转世灵童时,就会有高僧来到五色海,根据湖面颜色的变幻来判定灵童的方位。走进五色海,湖面一片迷离,让人恍如踏进梦境。湖水清澈,湖底像用紫墨笔描就规格不一的格子,格子间填着浓浓淡淡的蓝颜料。现代冰舌下伸至湖畔,雪山倒映在湖面,呈现奇幻的色彩。

藏语名为卓玛拉错的度母海,是仙乃日脚下的魂湖,海拔4100米,面积0.75公顷。据说,仙乃日脚下原有一个面积极大的海子,后来决堤,湖泊变小,剩下了现在的卓玛拉错,绿宝石一样镶嵌在仙乃日莲花宝座上。

藏语称为俄绒错的牛奶海,位于央迈勇脚下的山坳里,传说每年春暖花开之时,海水会像牛奶一样洁白如琼浆,并因此而得名。牛奶海为古冰川湖,状如水滴,海拔4500米,呈扇贝形,面积0.5公顷。中间是碧蓝的雪水,四周雪山环绕。传说牛奶海是能治愈聋哑怪病的圣湖。黄大江说,如果能越过牛奶海继续攀达雪山之间的垭口,就会发现另一个世界。站在那里回望三怙主,雪山之上云雾升腾,脚下却寸草不生,荒凉如星外世界。

勒西错是一个古冰斗湖,位于央迈勇西坡,湖面呈长条形处于两山之间,海拔4600米,面积7公顷,是亚丁景区内面积最大的高原湖泊。据说到了枯水季节,能看到湖底错落有序的钙华沟壑,其美妙类似藤条编织而成的艺术品。所以,大藏经有云:

"如意藤条托起了曰松贡布(三怙主)"。在这片湖的周围，留下很多高僧大德的足迹，据传西藏大昭寺第一任堪布谢巴多吉就曾在此修行、观湖。

一般来说，造访者的"深入"与目的地"神秘"总是一对矛盾，但深入总是"有限"的，这种有限恰恰会使某种神秘得以保留。所以，把握目的地与旅行者之间的"距离"，在保证人们得以进入、体验的同时，又不至于因为这种长驱直入变得毫无张力。这，不仅是游人的愿望，也应该是旅游规划者、开发者的一个硬功夫。

美国作家史丹利·奥沙宁斯凯在《一种新理念的诞生》一文中的描写，以及提供给光临者的建议，或许对规划者、管理者也不无启发。

对于比较小心谨慎的游人来说，老老实实地乘坐安全可靠的小汽车或旅行巴士，花上一天时间，顺着修建好的几百公里的旅游线路，在黄石公园里走马观花，当然也可以获得终生难忘的印象。但这毕竟是些浅表的东西。不错，你可以看到曲曲弯弯、跌宕起伏、支流繁多的黄石水系，汹涌的水浪激荡出许多泡沫；也可以欣赏像过山车的轨道那样一圈圈一环环的翠绿草坪，你或许还可以碰到成群的麋鹿和美洲水牛，但你却无法真正地了解黄石。因为汽车不是地道的"黄石货"，深山老林里的千年古松也不可能"坐地日行八百里"。要想深入地、切实地了解黄石的真面目，要想跟黄石所代表的真谛获得更大的共鸣，你就得摒弃舒服的小车或旅游大巴，沿着1806年约翰·科尔特走过的1600多公里足迹，至少亲自走上那么一段，深入那片至今仍保留完好的原始森林和荒郊野岭中，那才是黄石真正的"梦幻乐园"。

没错，还有什么能比"深入"地"亲自走上那么一段"更有诱惑力呢？

和黄石公园不同，除了自然资源上的高度富集外，人文资源方

面的极大丰富更是稻城亚丁作为旅游目的地的重要核心价值。一直以来，稻城亚丁都是充满信仰的神圣之地，这种特殊的精神价值既来自藏民虔诚的信仰、神奇瑰丽的景色、史诗般的传奇故事、特殊的历史文化，也来自人们对纯真心灵的向往，这些是稻城亚丁的灵魂所在，也是稻城亚丁被人们当作"最后的香格里拉"的主要缘由。

......

在因黄石公园而写《一种新理念的诞生》一文中，史丹利·奥

雅江庆大沟卓玛雍错

沙宁斯凯还对游客们发出邀请——

　　"贪婪地吸吮这儿的气息吧：春天的草坪上弥漫着雨后更清新的野花香，乃至地热水潭里发出的熏人的臭气……

　　"饱览这儿的奇景吧：一头叉角羚正飞奔在辽阔的高原，银色的月亮挂在峻峭的峰顶，还有一只鹗正叼着要给小宝宝喂食的鱼匆匆返巢……

　　"倾听这儿的声音吧：大瀑布那激越人心、如雷贯耳的轰鸣，秋天里麋鹿洪亮高亢的长啸，郊狼群一阵阵此起彼伏的嚎叫，还有冬天茫茫雪野那古朴的寂静……

　　"让我们在此与大自然的一切感同身受吧：像月光下仍在勤奋工作的河狸一样感到疲倦；像阵阵紫光那样，在即将来临的春天的暴风雨中战栗；像五彩斑斓、翩翩起舞的蝴蝶一样，在夏天的峡谷之间轻盈地飞去飞来，让自己完全迷失在这片荒野中。这时，你很可能就会寻找到另一种珍宝……那就是：你自己！"

　　是的，人们旅行的终极目的之一，难道不是为了找寻曾经失去或者正在迷失的自己吗？

　　脱离惯常的生活场景甚至生活方式，"接近"或者"深入"某种陌生、新奇的自然和文化环境的"净土"，人们定会生发出意想不到、不同以往的思考，得到前所未有的精神洗礼，而这，对于人们的未来生活及至整个人生，都是极为宝贵的记忆和启迪。

　　稻城亚丁有"你自己"。前提是，在我们到达之前、离开之后，大自然赋予稻城亚丁的那份神秘仍在，那份安详仍在。所以，某种程度上讲，留住那份神秘，就是留住了空间、留住了未来，也留住了"你自己"。

在《美国国家地理》杂志从事植物生态、地理地貌、民俗风情等纪实报道的维吉尼亚说："亚丁太美了，没有想到经过了这么多年，本地人民和政府还能原汁原味地把它保存下来。"到过世界上许多国家的她，还没有发现任何一个地方有亚丁这样保存完好的自然生态和神奇绝美的自然景观。

最美丽的村寨——丹巴·布科

23.不老的亚丁村

　　大凡景观，总是会随着时光的流淌、时代的变迁而有所变化：
自然景观之变多来自地壳运动，人文景观之变皆肇始于人的活动。
前者我们无法控制，后者从来不曾停息，而那些结合了大自然的神
力和人类愿望的景观，千百年来更是因为自然与人双重互动而改变
着容颜。

　　有报道说，随着气候变暖导致的北极冰川消融在加速，未来的

香格里拉风光

海平面将随之每年升高至少0.2厘米。于是，有科学家推测未来的某一年某些岛国可能会成为水下"景观"。与此同时发生的生态系统变化将是剧烈的——海岸滩涂湿地、珊瑚礁等生态群消失；海水入侵地下淡水层，沿海土地盐渍化；全球水域面积增大，水分蒸发更多，水灾将变得越来越频繁；现在人们蜂拥而至的一些古自然和文化遗迹，若干年后将成为一个传说……

在"变化"成为一种忧虑的大背景下，某些景观的百年不变，就成为人们的一个惊喜，蜀山之王——贡嘎雪山即是一例。1920年前后，约瑟夫·洛克在《美国国家地理》杂志发表的文章中有一幅图片，展现了贡嘎主峰俏丽的姿容。80年后的1999年，一位有心人举起了相机，在同样的角度、相近的距离，精心凝神静气，然后摁下了快门。之后，凡是看到这两幅作品对比效果的人们都被惊呆了——镜头里的贡嘎主峰，几乎毫无二致。是大自然的眷顾还是人类的呵护，才造就了这不老的传奇？

和洛克拍摄了同样图片的有心人，就是现甘孜州旅游局副局长周季泉，他也在我们这次香格里拉之行的队伍里。他介绍，13年后的今天，还有不少摄影家在继续着他当初的创意。而且，他们镜头里的贡嘎主峰依然如故。此外，不少人还将镜头视野扩大到了稻城亚丁，"他们惊奇地发现，和贡嘎雪峰一样，这里的三怙主雪山以及雪山下的海子、植被，与当年洛克逗留时拍摄的场景相比也几乎看不出变化"。

周季泉的介绍，让很多人感慨不已。甘孜藏地百年未变的容颜、稻城亚丁百年不老的故事里，有着哪些不同寻常的情节？在这

个自然与社会变化都愈来愈快速的时代，我们置身的这方天地，靠什么才成为"蓝色星球上最后一片净土"？

在稻城的亚丁走火之前，不少国人对"亚丁"一词的联想，多与也门共和国的亚丁城或者位于连接欧亚的苏伊士运河航线必经海域"亚丁湾"有关。虽说此亚丁非彼亚丁，但很多资料都表明，"亚丁"一词的释义都与快乐有关。比如，一说古地理学者称亚丁湾为"阿丹"，中国古书《瀛涯胜览》《星槎胜览》《明史》中皆有"阿丹"的记载，意为"快乐之地"，意指游人在经过印度洋遥远的航程，精神上处于疲惫不堪的情况下，来到亚丁后得到休息，从而获得"快乐的心情"。或者，旅行者在远涉印度洋后在亚丁作短暂停留，从而带着"快乐的心情"开始新的航程。另一说，"亚丁"来源于阿拉伯的"伊丁"，其意为"乐园""天堂"，是指亚丁湾的风景优美，如乐园、天堂一般。

稻城和亚丁，现在人们都习惯于连读。事实上，亚丁只是稻城

稻城亚丁乡村

县所属120多个村庄里的一个，亚丁景区则是以其村名命名的一个国家级自然保护区。因为"安详，和平，纯净，山与水、人与自然浪漫结合"的香格里拉特质，稻城被誉为"香格里拉之魂""最后的香格里拉"，被国家有关部门认定为川、滇、藏三省区交界处的"中国大香格里拉生态旅游区"核心区域之一；亚丁景区则成为核心里的核心。它不仅是国家级自然保护区，2003年还被联合国教科文组织纳入"世界人与生物圈保护区"成员。在国内进行的相关评选中，稻城和亚丁还多次入选"中国最美的十大名山""中国最美的地方"等。

亚丁村坐落于群山环抱的一块台地上，海拔4060米，面积不大，只有三十几户人家。藏语中，"亚丁"的意思是指"向阳之地"，因日照较长而得名。近年来，随着这个美丽小山村的声名鹊起，人们才更多地将这片"向阳之地"与亚丁湾区别开来。在不少游人看来，虽然同属旅游胜地，因稻城亚丁属于香格里拉的原型地

之一，它的人文魅力早已超越亚丁湾。

关于亚丁村的来历，有一个美丽的传说。很多很多年以前，这里住着一户人家，主人叫郭还家，祖祖辈辈孤零零在这里过着日出而作、日落而息的生活。在他的家对面，有座叫拿母的山。有一天，家中有头牦牛放牧时丢失了。第二天早晨天刚刚亮，郭家的女儿曲珍就到对面山上去找牛，走到一个山洞前，正好赶上一位活佛在此辟谷修行。活佛对小女孩说："我叫然降公纠降错，现在你看到了我，我就必须要吃东西了，不然就会死掉。"活佛要求曲珍每天给他送来食物，不能告诉任何人，而且要能坚持3年。曲珍没有答应。活佛又说，那就坚持3个月，曲珍仍旧没有答应。活佛只好再次改口3天，曲珍同意了他的要求。于是，曲珍每天给活佛送去食物。3天后，活佛来到郭家并住了下来。这时，奇怪的事情出现了，每天都在房子后面的草坝上放牧牛羊的曲珍，总是隐隐约约地听见附近有猪、狗等的叫声，有时还有人的喊叫声，但又什么都看不见。更奇怪的是，赶着牛羊回家时，她还会在水沟边拣到一捆一捆的青稞。回到家里，她忍不住把这些异常说给活佛和家人听。然降公纠降错听了之后，问郭还家："你们家需不需要有人做伴？"郭还家说："当然需要，我家祖祖辈辈住在这里，没有别人往来，不仅孤单，家族延续都成问题。"到了晚上，活佛开始对着曲珍捡回来的青稞打坐念经，念了整整一夜。第二天一早，他叫曲珍拿上这些青稞到草坝上撒掉。曲珍照办时，身边突然烟雾四起。曲珍大吃一惊，因为烟雾散尽之后，她的眼前出现了一个村庄，这就是后来的亚丁村。

20世纪20年代，洛克曾经造访稻城。1928年的一天，在描述亚丁村时他这样写道："透过丛林在远处山腰的平坝上，我看见有一个宁静的小村庄，它被郁郁葱葱的森林环绕着，几户藏楼在金灿灿的麦地中间耸立，炊烟飘飘，时隐时现……"和洛克的感受相仿，在后来的更多人的感受中，小小的亚丁村是宁静的，它的存在，仿佛就是为了将仙界与俗世联系在一起，就是让香巴拉圣境变得触手可及。

亚丁的魅力，除了摄人魂魄的三怙主神山外，还应该来自神山脚下的海子，以及被誉为"青藏高原物种基因库"的丰富植被。

黄大江介绍，在三座雪山上，分别有三个翠绿、绝美的海子。仙乃日雪山脚下有度母海；央迈勇脚下有牛奶海；夏诺多吉脚下有五色海。2004年9月，黄大江曾经陪同《美国国家地理》杂志资深记者维吉尼亚女士，历尽艰难"爬"到牛奶海边。

"那是时隔76年后，《美国国家地理》杂志第二次专门派记者进入稻城亚丁。"对8年前维吉尼亚的到访，黄大江始终记忆犹新。

"维吉尼亚是循着其前辈洛克的足迹进入稻城亚丁的。"黄大江记得很清楚，2004年9月21日，维吉尼亚一行到达洛绒牛场。当时，大家都很疲惫，按计划大家都不打算上山。但冰清玉洁的央迈勇令维吉尼亚深感震撼，雪峰下的海子、原始森林、草甸以及野生动物更令维吉尼亚神往。于是，她决定走近央迈勇，一睹当年被洛克惊叹为"最美的雪山"。

通过一条崎岖的小径，黄大江协助维吉尼亚向海拔4000多米的目标一步步靠近。功夫不负有心人，当他们终于到达海子边，央迈勇雪山揭开了神秘的面纱。与此同时，雪峰、冰川、瀑布，倒映在翠绿的海子里，幻境般美丽、静谧。彼时的天空，更有两道难得的彩虹辉映在雪峰间，仿佛在欢迎着远道而来的维吉尼亚。黄大江说，当时，维吉尼亚被彻底震撼了，她兴奋地拍光了手里所有的胶卷。

那次考察，维吉尼亚足足在甘孜盘桓了13天之久。为了丰富她的考察内容，黄大江当时还向她展示了一样"宝物"——一本1931年出版的《美国国家地理》杂志。黄大江介绍，洛克当年曾专门托人带了4本1931年《美国地理杂志》送给冲古寺喇嘛留作纪念。上面发表的是洛克在稻城亚丁地区探险、考察的笔记和照片。纸张发黄的旧杂志，令维吉尼亚惊喜异常，她迫不及待地打开杂

志，当她翻看到洛克与其助手、卫士合影以及书中对亚丁胜景和生物多样性的描写时，兴奋地拿出相机拍了起来。

维吉尼亚说："亚丁太美了，没有想到经过了这么多年，本地人民和政府还能原汁原味地把它保存下来。"她说，"我到过世界上许多国家，还没有发现任何一个地方有亚丁这样保存完好的自然生态和神奇绝美的自然景观，亚丁的生物多样性和民族人文景观也是世界上独一无二的。"

在《美国国家地理》杂志主要从事植物生态、地理地貌、民俗风情等纪实报道的维吉尼亚还表示，"香格里拉的生物多样性和丰富的生态资源是世界公认的，可以肯定地说，稻城亚丁是名副其实的世界园林之母。

百年不变的雪峰，百年依旧的植物生态！和维吉尼亚一样，有幸进入稻城亚丁的游客，哪个不在心中屡屡称奇？哪个不为这些"百年不变"背后有着何种原汁原味的文化基因传承而深思？

亚丁不老，所以才是人们心中最后的香格里拉！

随着稻城亚丁旅游业的发展、百姓的富裕程度，无疑都会一步步走高，但与此同时，一些我们不愿意看到的事物也会随之而来。我们要付出何种努力，才能让曾经发生在很多旅游目的地身上的遗憾甚至悲剧，与我们心中的圣地香格里拉绝缘？我们要耐住何种寂寞，才能守得住这片最后的净土？

乡城白藏居

24.香巴拉的倒影

　　来到稻城亚丁的旅游者，没有人不对着那些澄明的海子感叹一番。在我看来，蓝天白云背景下的雪山诚然巍峨、高大，大大小小的海子里雪山的倒影却更加清晰、透彻。由之我想，有时候，事物的倒影或许比正像更为接近其本质或者真相。至少，倒影也是我们全面看待某种事物的一个角度。

　　2012年5月底的甘孜藏地之行，香格里拉的美景曾经无数次让我们的"眼睛在天堂"，但也有一些"倒影"使人不由得有些忧虑。每日的山路颠簸中，我们的越野车每每需要停至路边等待通

稻城亚丁风光

过，那多是为了躲避那些载重量巨大的货车。当地朋友介绍，那多是出来运送给养的车辆，也有一些车上拉的是从深山矿场开采出来的矿石。"那些矿场离景区多远？生产过程中会不会对周围的生态环境造成不可弥补的损害？"我们忍不住在心里问。

在亚丁自然保护区考察的半日，因为季节不对，我们没有亲见在全国驴友中都堪称名声极大的"亚丁红草地"。在许多有关稻城亚丁的宣传资料中，红草地的文字、图片都是作为一个标志性景观出现，如下的描述，相信很多朋友都不陌生——

在稻城县城以北28公里处，桑堆镇公路边，有一个不起眼的小水塘，每年秋天布满了红色的水草，这里便是稻城亚丁美丽的红草地。

生长在水中的红草，大都疏密相间，像灌木枝扎根在水池中。这些红草在阳光的照射下，紫里透红，非常吸引眼球。海子里有一些散落无序的顽石点缀其间，平添几多浪漫。

池塘对岸笔直矗立着一排黄绿错落的杨树，水中红草依依，白杨婀娜，加之倒映着的白云、蓝天和远处的山峦，彼此辉映出一幅色彩交织的绚丽图画，美得令人陶醉。

"红草地"的后面是一个小村庄，村庄的周围也有一些白杨树，在秋风的熏陶下大都已变成金灿灿的黄色。

"红草地"的四周被几座大山所环抱。晚秋中，五颜六色的大片色块亮丽张扬地组合在一起，水天同彩地缠绵出一幅斑斓、夸张、浓墨重彩的油画山水。在黄绿相间的杨树和蓝天白云的映衬下，红得特别灿烂。一片只有足球场大的红草地，每年只有十多天的风光，却成了稻城一个标志性景点。

……

然而，一个曾经的疑问却始终让我无法释怀。就在此行结束不久，我在网上看到过一种说法——"红草地的形成，是环境恶化的结果"。一位忧心忡忡的网友，在他的博客中言之凿凿：

高原草甸上出现的红草地，是草原退化的标志，红草学名狼毒，牛羊不食，食之中毒。它一旦开始繁殖，对畜牧业和草甸的生物多样性都是致命的。但是在整治红草地的讨论中，却出现了一些声音，他们认为不需要治理，退化后的草地可以成为独特的旅游资源。这主张让我骇然，这也许是将旅游的意义坍缩为"悦目"的最极端的代表。

稻城亚丁红草地的形成，果真如这位网友所言吗？

遗憾的是，我的疑问，在此次甘孜之行的同仁中没能得到严谨、科学的回答。期盼着，尽快会有专家就此展开研究。如果事实证明了红草地的出现、繁殖，确为"退化"所致，确有"致命"的结果，那么，如何对待这样的"风景"，将是我们无法回避的一个问题。

另外，在有关媒体发表的一篇报道中，还有一位游客因西南某地过度开发而发出的呼吁和表达的无奈，曾经深深印在我的脑子里。他说：

……这些百姓为了保住神山的一草一木，极力地抗争着。可是，他们又是那么无助，他们没有读过太多的书，受过多么高的教育，在他们居住的地方，没有电，没有现代化的工具，无法和外界紧密及时地联系，寻求帮助。

　　虽然他们也渴望财富，但却不愿意以牺牲环境和子孙后代为代价。在那一刻，我多么希望我是一个记者，至少可以给他们希望。可是，我却什么也做不了。

　　……

　　与此有些共性的事例，在别处也不是没有。2011年8月，很多媒体曾经报道过发生在江西婺源的事件：正值旅游旺季，"中国最美乡村"江西婺源多个景点紧急关闭，让买了通票的游客非常懊

稻城红草地

党岭高山湖泊

恼。后媒体记者调查发现，景区关闭由当地村民和婺源旅游公司关于"分成费"的矛盾引发。此前曾有村民因分红不公在村口"拦堵游客"，婺源旅游公司不得不宣布景区紧急关闭。

　　尽管这一事件后来得到了圆满处理，但它所带来的警示已经到了任何管理者、开发者都无法忽视的程度。

　　还有一个广为人知的案例。2006年，电影《无极》剧组在云南香格里拉碧沽天池拍摄，对当地自然景观造成一处损坏。当年，舆论纷纷对这一事件提出严厉批评。很多媒体都报道了这一事件——"碧沽天池地处海拔4000多米的高山，池水清澈澄明，池畔遍布珍稀的杜鹃花，周边覆盖着茂密的原始森林和草地。而电影《无极》剧组的到来，使美丽的天池犹如遭遇了一场毁容之灾，不仅饭盒、酒瓶、塑料袋、雨衣等垃圾遍地，天池里还被打了一百多个桩，天池边禁伐区的一片高山杜鹃被推平，用沙石和树干填出一条简陋的公路，一个混凝土钢架怪物耸立湖边，一座破败木桥将天池劈成了两半……"

当然，媒体当初的报道不乏渲染的成分，剧组和景区管理者后来也作出了一些客观的解释和说明，表明情况并非到了"毁容"的程度。不过，这一案例引发社会各方众多关注，却是很有积极意义的。试想，仅仅是一个剧组的进驻就对景区、对自然生态造成了如此破坏，假若换作一个矿企或者多个其他企业进驻又该是什么后果呢？

另外，不得不引起关注和深思的，还有一些一不小心我们自己都会参与其中的行为，给这里的自然和人文两种生态带来变化或者"破坏"。譬如任新建介绍：

藏族人的传统，视鱼类为神圣之物。不管在海子山的湖泊还是在峡谷中的河流，鱼都是不能捕的。所以，在川西藏地，多少年来鱼儿都能无忧无虑地生活着。但是，近年来，在前往稻城的路上，已经有好几个专门吃鱼的饭庄。很多旅行社为了招徕客人，更是在旅行安排中特别提供一顿高原无鳞鱼大餐。久而久之，甚至当地藏民也开始吃鱼。

让我顿觉不安的是，听到这一讲述之前，我们一行恰恰刚走出一家高原无鳞鱼餐馆。饭桌上，一位好心的朋友还专门替我将高原无鳞鱼头上的宝物——鱼骨剑收藏起来。虽然，在风俗习惯上，当地汉、藏两族是互相尊重的，但我仍然有些担忧，未来，随着游人的不断增加，高原无鳞鱼会不会面临灭顶之灾？与之紧密相连的上下游生物链，会不会遭到无法挽回的破坏？

告别亚丁自然保护区，车子在路上颠簸，思绪也在我的心中发散、跳跃。

和身在香格里拉美景当中所获得的赏心悦目相比，如上的所见、所忧，可以说是另一种当地社会经济发展的"倒影"。它不断提示着我们，无论长远利益还是眼前利益，原住民生活环境的保护

都是横亘在包括旅游产业在内的当地经济发展过程中谁也无法回避的问题。

在三怙主之首的仙乃日神山背后，有一个听起来与香格里拉的美好格格不入的所在——卡斯地狱谷。

那是一条全长15公里的山谷，峡谷最大深度1000米，谷内壁立千仞，雄奇险幻，由奇崖怪石形成的地狱门、阎王殿、鬼崖、黑瀑布等景观栩栩如生，令人浮想联翩。沟尾岩石风化形成的神镜、天平秤、铡刀等"地狱酷刑"的象形山石，更是与地狱的传说十分吻合。

天堂和地狱相隔如此近，令人不由得多了些感慨。一则，地狱往往是人类肉身由凡界进入天堂的必经之路；二则，天堂般的胜境，如若没有自然与人的双重、长期呵护，最终说不定就会变成地狱。

当高山杜鹃的美丽，让位于矿山开采所需要的道路建设；当雪山冰川的圣洁，让位于征服者们抛下的垃圾；当藏地淳朴的民风，被造访者的到来改变……这里，还是我们心目中的香格里拉吗？我们要付出何种努力，才能让曾经发生在很多旅游目的地身上的遗憾甚至悲剧，与我们心中的圣地香格里拉绝缘？我们要耐住何种诱惑，才能守得住这片最后净土的美丽倒影不致成为阴影？

天堂的倒影，是我此次香格里拉之行的一个意外之思。

关于生态保护，向来有积极保护、消极保护之说。前者，人要介入，主张运用各种科技手段实现目标；后者，认为大自然自有其法则，自生自灭才是更好的保护。我是前一种观点的忠实拥趸，这倒不是出于身在旅游业供职的考虑，确是认为人类的智慧能在某种程度上促进自然的"健康"。

稻城亚丁风光

25.香格里拉之愿

行走于康巴藏地，除了巍峨的雪山、澄明的海子，屡屡让人们视野和心灵都无法平静的就是那些多姿多彩的高山杜鹃了。在山路旁、峭壁上、海子边以及森林的深处，它们以无处不在的灿烂表情面对着无边的寂静，以旁若无人的自信面对着高原特有的清冽与苍凉。走近它们，每个人都不会无动于衷，每个人都不会心率如常。仔细想来，香格里拉之所以成为人们不断追寻的梦想，高山杜鹃所代表的品格力量应是个中不可或缺的因素。

但高山杜鹃只是这片植物王国最为灿烂的代表之一。香格里拉的生物多样性和丰富的生态资源早已得到世界公认，在欧美等地的相关报道里，中国川西北高原一直有着"世界植物王国"的名头。

1928年6月，在美国地理学会的资助下，洛克在这里开始了他"最具神秘色彩和探险价值"的考察，《美国国家地理》杂志发表了他大量的考察笔记和实地照片，在世界上引起了轰动。80年后，被《美国国家地理》杂志派往甘孜的维吉尼亚女士踏着洛克的足迹，享有了丝毫不亚于其前辈的"惊喜"。2004年9月，经过13天的"中国·甘孜香格里拉核心区专题考察"，这位资深记者再次感叹："香格里拉，当之无愧的世界园林之母！"

据说，在海拔4000米左右的山坡上，维吉尼亚发现了一株全缘绿绒蒿，她兴奋地给这种植物反复拍照。在川藏北路和川藏南路的高海拔地段，还惊喜地发现稀有杜鹃花、玫瑰花以及苹果的祖先（母本）。

并不为国人熟知的绿绒蒿，人称"高山牡丹"，被欧洲人推崇为世界名花。绿绒蒿因全株被有绒毛而得名，属罂粟科，花色有黄、红、蓝等。乍看起来似乎弱不禁风的绿绒蒿，实际上却是一个禀性刚强，不畏高原严寒的斗士。在海拔3000~5000米的高原，身上的毛绒是它御寒的衣服，艳丽的花朵是它灿烂的笑容，超过株高几倍的根系是它坚韧的性格。据介绍，全球范围内不到50种的绿绒蒿，有40种分布于我国西南的喜马拉雅山和横断山脉。绿绒蒿全草

贡嘎风光

可入药，具有清热解毒、止咳化痰功效。

维吉尼亚说："我们今天找到的这些花草在100多年前，就早已被英国植物学家、园艺学家和探险家威尔逊从这里带回了西方。"她介绍，在洛克到中国之前，1899年，年轻的英国园艺学者威尔逊就在当时丘园负责人的推荐和鼓励下，由维彻花木公司派到

雅拉友错

中国，主要目的是引进珙桐树和其他观赏植物。威尔逊前后5次来华，所到之处花卉植物极其丰富，生物多样性令他欣喜若狂。他在中国西部采集了6万多份植物标本，为西方引进了比以往任何人都多的观赏植物。因此，在西方他被称为"打开中国西部花园之门"的人。

经威尔逊引进的珙桐、王百合和川滇木兰等是当今世界著名的观赏植物。他在作品《中国——园林之母》中写道："在整个北半球的温带地区的任何地方，没有哪个园林不栽培源于中国的多种植物……园艺界深深地受益于东亚，这种受益将随着时间的迁移而增长。许多原先称为印度和毛利斯的杜鹃及其他许多美丽的鲜花，其实原产于中国……"

维吉尼亚的惊喜中，包含着对这片土地生态保护的评价——经历了100年的时光，川西北高原仍难能可贵地保持了原生态，简直就是一个奇迹。

如今，生态环境保

护之于香格里拉区域的重要意义已经不言而喻。利用各种方式守住这片"家园"，应该是很多人对香格里拉的期待和祝愿。

关于生态保护，向来有积极保护、消极保护之说。前者，人要介入，主张运用各种科技手段实现目标；后者，认为大自然自有其法则，自生自灭才是更好的保护。我是前一种观点的忠实拥趸，这倒不仅仅是出于身在旅游业供职的考虑。事实上，人类的智慧的确能在某种程度上促进自然的"健康"。举个著名作家王小波在一篇杂文中说到的例子：

"我到荷兰去旅游，看到运河边上有个风车，风车下面有一片牧场，就站下来看，然后被震惊了。这片牧场在一片低洼地里，远低于运河的水面，隐隐的绿草上有些奶牛在吃草。乍看起来不过是一片乡村景象，细看起来就会发现些别的：那些草地的中央隆起，四周环以浅沟；整个地面像瓦楞铁一样略有起伏；下凹的地方和沟渠相连；浅沟通向深沟，深沟又通向渠道。所有的渠道都通向风车那里。这样一来，哪怕天降大雨，牧场上也不会有积水。水都流到沟渠里，等着风车把它抽到运河里去。如果没有这样精巧的排水系统，这地方就不会有牧场，只会有沼泽地。站在运河边上，极目所见，到处是这样井然有序的牧场，这些地方当然不是天生这样，它是人悉心营造的结果。"

王小波对这片牧场的"震惊"，主要是这个设计"并非出自现代工程技术人员之手"，而是"荷兰人17世纪的作品"。我则从这个例子中，看到了人类智慧对于可能的自然灾难的改变。和上面的例子相仿，在中国各地的古城、古村、古山古水中，从来就闪耀着人类智慧的光芒。

由此，对近几年热起来的"智慧旅游"的概念以及热潮，我多了一些进一步的思考。智慧旅游，难道仅仅是借助互联网、微博等现代传播手段来进行的旅游、旅游开发，以及旅游服务吗？

顺应时代高科技的发展，采用更多手段为旅游业发展服务，都是理所当然的。但需要注意的是，我们不能因为对现代手段的"迷恋"、不能因为现代科技的"时髦",而将老祖宗的智慧扔在脑后。让古老的人类智慧更多地融入"牧场"等旅游吸引物的持续保护、有限开发,或许是我们更应该关注的方向之一。不然,当某些眼下很有价值的东西昙花一现,古老的"高山杜鹃"们已经被这样那样的生态灾难变成一个传说,我们岂不追悔莫及?

出于效率的考虑,现代的某些科技手段往往是粗糙的、缺乏个性的,因而也就丧失了"古老智慧"带给人们的深层次美感。火柴盒式的现代建筑,在审美上远远小于四合院,就是明证。与此同时,很多打着"修旧如旧"旗号而进行的改造、扩建,有时候仅仅停留在概念上,结果往往让人哭笑不得。比如,在某著名藏传佛教寺庙,感叹于其古老历史、深邃文化魅力的同时,正在扩建的院落里刚刚铺好的大片大理石地面就引发了不少同行的质疑。如果,将古老到有些坑洼的石条还原在人们脚下,岂不是更能引发人们对古老寺院的人文感怀?

对旅游地的设施,游客们最大的希望就是从当地的风景、环境、自然及建筑资源中体验到原汁原味的、更深更有益的古老文化价值。遗憾的是,这次雪域高原之行,如上那个寺院的例子还有不少。比如,青山绿水间不时冒出来的现代建筑的蓝色屋顶、玻璃幕墙,出于"安居"好心和"新农村"规划,兴建的比营房排列还整齐的模块式连片藏寨,就让很多钟爱"自然"的人们不由得摇头、扼腕。

考察过程中,张吉林不止一次提到过西班牙的乡村旅游规划,及其在当地旅游发展中起到的作用。他的介绍,让不少同行者不断颔首。

自20世纪70年代以来,西方国家民众在乡村地区进行的旅游活动明显增多,西班牙等国政府在规范管理过程中更多地尊重了"个性",政府只出政策、资金等方面支持。他们绝不对民居样式作统一规定,更不会大规模、标准化地成批"代劳"。这样,在其乡村旅游发展热情被激发、规模不断扩大的同时,一种古老的民族风情、文化风格也得以原汁原味地保留。

这次甘孜藏地之行结束之时，我们取道迪庆香格里拉机场返京。休息室里电视播发的一条新闻，让很多人都感到欣慰：在贡嘎雪山发现了雪豹的踪迹。

生活在平均海拔5000多米雪线之上的喜马拉雅雪人或许只是一个神秘传说，但作为和大熊猫同样珍贵的全球性濒临灭绝物种，生活在高山冰雪世界的山地生物多样性"旗舰"——雪豹，如果真的重现，这该是一个地区生态环境没被破坏甚至更为健康的标志。

然而，报道最后还援引了有关专家的看法：导致雪豹濒危的诸多因素中有一项需要特别关注，即人类在保护区范围内进行的各种开发行为，如采矿、修路、高密度放牧、城镇化建设等。这些都会直接破坏雪豹的栖息地环境，或间接影响雪豹下游食物链上生物量的增长，如岩羊、盘羊、北山羊、喜马拉雅塔尔羊、林麝、旱獭、鼠兔、高原兔、雉鹑等，"一旦下游食物供应不上，作为顶级猎食者的雪豹同样难免有灭绝危险。"这位专家说，"作为食物链顶端生物以及高山生态环境健康的标志性物种，雪豹种群的恢复无疑是一个相当缓慢的过程。"

高山杜鹃如百年之前一样绽放、雪豹在人们的期待中重现，让很多关注着这片土地的人们深感欣慰。

"结庐在人境，而无车马喧。问君何能尔？心远地自偏。"生态环境的完好保持、康巴文化的接续不息，以及由此带来的旅游业持续、健康发展，是我们对稻城亚丁永远的祝愿。唯其如此，世人向往的香格里拉胜境才能葆有恒久的魅力，就如歌中所唱：

> 在那逝去的地平线，
> 天空是纯洁的雪山，
> 草原是花朵的天堂，
> 老阿妈皱纹里藏着世外桃源，
> 牧马人歌声里流淌着天籁之音。
> 哦……香格里拉，
> 哦……美丽的香格里拉。

稻城亚丁告诉你

Story of
Daocheng Yading

香格里拉告诉我

　　走出日常工作语境，以自由之心、自在之笔对初夏时节的甘孜藏地之行作了一番回味、补录之后，那种一直窃盼的欣慰感却没有如期到来。此刻心头翻涌的种种思绪，恰与大半年前曾经面对的贡嘎主峰、三怙主神山之巅的雾霭一般，时而浓重、时而稀薄，始终不肯飘散。即便有冬日的阳光穿过大大的玻璃窗子，毫无遮拦地射进书房，投在眼前书稿的配图《日照金山》上，也不能引导我的心情转向轻松、明亮。这是为什么？

　　关于稻城亚丁，关于香格里拉，前面的正文里已经拉拉杂杂说了不少。虽笔力不逮，扪心自问也算是起到了一个初级导游员的作用——稻城亚丁告诉你，这方被誉为"最后的香格里拉"的天地的确很美，甚至堪称极致之美。放松心情行走其间，曾经虚幻的香巴拉之境会在你眼前变得越来真切，其可触摸的形态、可聆听的音韵、可融入的气息，会让世外桃源于你从此不再仅仅是一个遥远的梦想。如此感受，大致应与当年的洛克、后来的更多游人的体会没什么两样。然而，作为一位有着旅游行业管理者身份的特殊游客，在描摹其山之美、其水之丽、其情之浓、其风之纯的同时，难免会有一些不同于一般游人的观照和关注。

那么，在"告诉你"以稻城亚丁为"魂"的香格里拉具有超凡脱俗之美的同时，我又能告诉自己一些什么？

2012年5月的考察末程，在告别稻城亚丁后的某段山路上，一些"偶遇"至今想起来仍让我心头发紧。比如，载满矿石的大吨位卡车不时从窄窄的山路上挤过；比如，某处翠绿的植被间，甚至有一股洗矿的黑水从山坡上流淌而下。还有一位同行者的介绍——多年以前造访康巴藏地的游人想找当地百姓合影留念，大都会受到朴实、热情的配合，而近年，在某些景区已经出现了"主动合影，事后收费"的现象……

诚然，这些"镜像"在某种程度上真实体现了当地企业、百姓商品经济意识的觉醒，代表着当地民众对富裕生活的渴望，这无疑应该得到理解和尊重，但面对被内地很多地域几十年来市场化进程所带动、激励而起的这份"觉醒"和"渴望"，我却想多说一句——欲望是人的本能，信仰则是对本能的节制。人类文明、文化的历史，几乎从头至尾就是欲望与信仰争执较量的历史。掩卷深思，香格里拉告诉我的首要一点，就是路径的选择决定着最终的结果。我们在毫无保留地向藏地同胞献出所有发展经验的同时，也将曾经的教训毫不掩饰地和盘托出，可能对其更为宝贵。

其实，路径早已别无选择。接下来的问题是如何通过有效手段抑制住某些急功近利的念头，让我们的脚步朝着应该的方向前行。令人稍感欣慰的是，在《稻城亚丁概念性总体规划》中，我们看到了专家们可贵的努力。比如，他们提出的景区建设的三个"注重"——注重精神价值延续、注重民族文化传承、注重生态环境保护。我以为，专家们说到了点子上。未来的发展过程中，精神、文化、生态这三个关键词如果没得到应有的重视、严格的遵循，"最后的香巴拉"将注定会离我们越来越远，"永远的香巴拉"将注定只是一个华丽的梦想。

2008年的第一个月，时任国务院副总理吴仪在全国旅游工作会上首次提出把旅游发展与和谐社会建设建立起某种对应关系。她说，旅游业在作为"动力产业""窗口产业"的同时，还是"推动社会进步的和谐产业"。2009年的最后一个月，国务院出台的《关于加快发展旅游业的意见》，更是第一次将旅游业的地位提升为"国家战略性支柱产业和人民群众更加满意的现代服务业"。我想，无论是"和谐产业"还是"更加满意的现代服务业"的要求，都绝不是着眼于短期的直接行业利益的。我们需要跳出行业看发展，跳出局部谋发展。只有如此，才能站得更高、看得更远，最终不至于"走得太远，忘了为什么出发。"

行止意不断，笔落心潮起。与工作上的思考总是言犹未尽相比，香格里拉带给我的人文体验和心灵感受更是意犹未尽、情犹未尽。

告别稻城亚丁半年有余，那方梦幻之境的美丽仍常在我眼前展现着其独有的鲜活，那些温暖醇美的时刻仍常给我长久的感动，那种一身泥土步步匍匐的虔诚仍常会化为深刻的人生激励……就在这本小书的写作、编纂过程中，朋友们拍摄的很多图片都让我有如重临其境。有这样一幅图片曾让我凝视了许久，画面上，一位藏族女孩儿微微扭脸朝镜头自然而真挚地微笑着，腮边两抹胭脂般的"高原红"烘托着她纯净的眼神。有时，在她同样胭脂般的唇间，我似乎听到有一首歌在唱：

……
离乡的行囊，
总是越来越重；

亚拉神山